獵命師傳奇

FateHunter

獵命師傳奇系列【卷八】

九把刀Giddens著

「不可詩意的刀老大」之

恐怖的三個相信！

最近，我遇到了一個很恐怖的老人。

記得那是個剛剛從台北開完會，想要坐火車回彰化的晚上。買完了車票，還有一個多小時才開車，於是我揹著背包遁入火車站的地下街閒晃。

地下街其實是很無聊的地底迷宮，晃著晃著，猛不防我被大聲叫住。

「有爲青年！」

有爲青年，那一定是在叫我了。

一回頭，我看見一個面帶詭異笑容，身穿更詭異紅色西裝的老人。他靠著灰色的柱子，站在堆放施捨零錢的鋁罐後面，左手按著一頂黑色的高腳帽。

被這種模樣的老人叫住，是正常人的話根本不會停下腳步。

我很正常，原本也想一走了之，但我很在意老人頭頂上的高腳帽。幹，因爲那頂高腳帽在動，撲通撲通的，好像有東西從裡頭拚命撞著帽，卻始終失敗，因爲老人的左手死命地壓住他的帽子。

「有爲青年，你的臉色不太好，最近是不是諸事不順啊？」老人神祕地說。

好老套的開場白，換點有意思的台詞再騙錢吧！

「這樣都被你看出來啦？我已經連續五十期大樂透都沒有中頭彩了，運氣實在是很背！」我的眼睛直盯著老人頭頂的帽子。

要不是他的左手一直壓一直壓，「那東西」早就從帽子裡蹦出來了吧！

但是……那東西是什麼呢？靠，好想知道！

「哎，想知道諸事不順的原因，就餵它一百塊吧。」老人指著地上的鋁罐。

「不想耶。」我面帶微笑。靠，那帽子還在動！

老人並沒有失望，反而更神祕笑著，眼睛骨溜溜在我身上打轉。

「我知道你在想什麼，你在想，這個老人是不是在騙錢哩？現在的有爲青年，難道都不願意相信別人了嗎？連一百塊錢都騙不起嗎？性格決定命運，有爲青年，你的性格，就是多疑。」老人用「一語道破」的氣勢看著我。

但，多疑個鬼啊！我壓抑住想掀開老人頭上帽子的衝動，說：「那我該怎麼辦才好呢？難道眞的要給你一百塊嗎？」

「有爲青年，你看，那邊有個小女孩在兜售愛心原子筆，你怎麼說？」老人指著遠處角落。

一個胖嘟嘟的女孩死纏著高中生兜售盒子裡的愛心筆，一枝一百塊，目標是捐助給非洲沒有飯吃、又沒有疫苗可打、頭很大肚子又腫的病童。

「用愛心騙人的爛東西，不如把錢捐給去死去死團，幫助宅男脫團。」我聳聳肩，忍不住回憶自己曾經掏錢買過多少次這種絕對斷水的爛愛心筆。

「你看你，這還不多疑？如果這個世界上有一億個人都不買愛心筆，那麼就會短少一百億元的捐款，這是多麼可怕的事啊。」老人嘆氣，臉色卻很得意。

「如果那種騙人的捐款到得了非洲，我的小雞雞就會天天下蛋了。」我說，全身都在發抖。

我的天，那帽子裡的東西一直撞一直跳，我好想衝過去把它掀開來啊！

「那，你看那邊那個沒有手也沒有腳，一直在磕頭的胖子乞丐怎樣？」老人凌空一指，一道虛弱的氣劍射向七點鐘方向的胖乞丐。

猛磕頭是胖乞丐的強項，咚咚咚咚，震得放在他眼前的破碗叮叮叮響。

「吼，那是詐騙集團的手下啦，電視都馬有拍到，等他下班了就會有一台賓士開過來接他，然後幫他裝上黃金義肢去酒店摸奶好不好！」我故作誇張。

「那我說，我的帽子裡裝了一隻兔子，你相信嗎？」老人正色。

靠，有什麼好不信的！原來是兔子啊！

「不信吧？哈哈！真的就是兔子！」老人哈哈掀開帽子。

說時遲那時賤，一隻快要悶死了的兔子立刻從老人的頭上往我的方向衝跳下。雖然我已有心理準備，但還是嚇了一大跳，狠狠大叫了一聲。

「……」我後退了好幾步，看著地上那隻肥死了的「兔子」。

王八蛋，這哪是兔子，這明明就是一隻掛著長耳朵道具的貓！

「依照你的面相，不相信人的後果，運氣會一直不好下去喔！」老人好像怕被我揭穿似的，一腳往肥貓的屁股踢去，肥貓立刻一溜煙逃走。

這是什麼東西啊！要騙人腦筋也得清楚才行！

「老頭別用算命騙人了行不行，我才剛剛拖稿了一部小說，講的就是人類的命格可以獵來換去，超屌的獵命師！這個年頭誰還跟你聊老舊到不行的面相術啊？」我豎起大拇指：「所以說，獵命師的確是，行！」

「你看你，是不是又不信任人啦？不信任就是不幸的開始，這是自古以來不變的道理。」老人猛搖頭，竊竊笑道：「過了今天晚上，你唯一可以從厄運中走出來的方法，就是連續相信三件你遇到的請求。」

火車時間快到了，於是我飛也似逃離現場。

隔天早上，超級恐怖的事情發生了。

我起床的時候，慵懶地翻了個身。

隱隱聽見啵地一聲，頓時我感覺到胯下有一股黏稠的異樣感。

「不是吧？」我迷迷糊糊拉開褲子，身爲槍神，沒道理夢遺啊！

結果，我看見了一顆破掉的蛋在我胯下悲憤地爆漿，蛋黃蛋白流了滿褲子。

「這怎麼口能！」我太嚇了，再怎麼夢遺，也不可能射出一顆蛋啊！

我無奈地走到浴室洗澡，一邊研究那顆破掉的蛋。

百分之百是顆雞蛋，不是人的蛋（沒這種東西）。是我哥哥或弟弟在惡作劇嗎？都已經這麼大的人還會開這種超機車的玩笑嗎？還是我夢遊跑去冰箱拿了顆蛋放在我的胯下睡覺？我很疑惑，但畢竟我是個有理想有志氣的有爲青年，隨著沐浴乳泡泡沖掉小雞雞上的黏稠蛋黃後，我立刻忘記此事，跑去跟小郭襄快樂約會。

第二天早上，如你所願，超級恐怖的事再度降臨在我的小雞雞上。

我醒來時，再度發現胯下有很異樣的觸感，有了前車之鑑，這次我不敢隨意翻身。我小心翼翼地起床，打開褲子，赫然就是一粒蛋！

雞蛋！

「太口怕了吧！」我抓著那顆蛋，激動得全身抽搐。

我想起了三天前那古怪老人的話。到了此時，會下蛋的小雞雞讓我不得不相信老人的忠告：從現在起，我得連續相信三件事情才能解除我的厄運！

在驚恐之餘，我根本無暇思索我到底是被什麼厄運纏上，光是小雞雞會下蛋這種世界奇妙物語我就很難承受了，如果還有別的厄運，例如我的屁股會唱歌或是我的腋下長出香菇，我一定會崩潰。

身爲一個什麼都寫什麼都信的小說家，我立刻採取了科學的思維面對這個悲劇。我用google調查了一顆雞蛋的成份構成：蛋殼、蛋膜、蛋白、氣室、卵黃膜、蛋黃，以及蛋黃上的小白蛋，和有固定蛋黃位置功能的繫帶。若將這些成份換算成營養，大概是雞蛋白每一百公克，熱量三十六大卡，蛋白質：八．二公克；雞蛋黃每一百公克，熱量三百三十五大卡，蛋白質：十六．二公克；雞蛋殼等等以此類推（雖然雞蛋的熱量會跟著烹調方式也所不同，但！我又不煮來吃！）。然後我上了漢尼拔的食人魔美食網站，點選人肉的營養劑量表，估算出以我身高體重的營養能量，然後用此數值當成分母，再拿雞蛋的營養下去除，發現一個驚人的事實：只要我每天都下一個蛋，過了一年八個月我就會變成人乾死掉！

一年八個月！

我不要！

「堅強！反正只是連續相信三個要求，我一定課以辦到的！」

我洗完臉，看著鏡子拍拍臉頰，振作振作。

結果我臉一拍完，手機就響了。

「喂？」

「嗚嗚嗚嗚嗚嗚……」

「……一大早是在哭蝦小啦？」

「爸比……嗚嗚嗚嗚嗚嗚……我被綁架了，我被揍得好慘啊！他們都不給我東西吃，還一直打我！揍我！踢我！還說不給我飯吃要讓我餓死！嗚嗚嗚嗚……」

太不敬業了吧，先別提我哪來的兒子，這種台詞是哪來的演技超遜的詐騙集團啊！詐騙集團就是被你這種爛咖給敗壞名聲的！

……不！不行！為了讓我小雞雞不再生蛋，我絕對要壓抑我的理性，我一定要勉強自己相信自己有個未曾謀面的兒子（或許是某天晚上被女鬼壓導致夢遺中標的陰陽產物，終於在陰間打電話給我這個沒盡過責任的老爸求救！）。

「兒子，那怎麼辦？」

「壞蛋說要把拔匯一百萬到他們的戶頭，嗚嗚嗚嗚嗚！」兒子很愛哭。

「一百萬我只有精子啦，一千塊。」我沉住氣。

「十萬塊！」我兒子很果斷。

「兩千塊。」我抓住手機的手氣得發抖。

「一萬塊也好。」我兒子竟然是個將才。

「兩千極限了，帳號給我。」我嘆口氣，摸著悲傷的胯下，拿起筆。

於是我抄了一組銀行帳號，很不爽地匯了兩千塊給我那被揍得很慘的兒子。

哎，恐怖的事才發生了一件，就花了我兩千塊，我眞不想知道接下來還會被迫相信什麼樣的鳥事……

——待續

獵命師傳奇

獵命師傳奇系列【卷八】

目錄

〈衝破灰色陰謀的台北〉之章

第201話

時間：西元二〇二〇年，東京類銀事件發生後一個月。

地點：台灣，國際都會台北。

世界排行第五的摩天高樓，一〇一大樓裡新開的華納威秀影城。

影城裡人來人往的，十之八九都是手勾著手。不管科技怎麼進步，人們對吃的品味還是不易改變，許多剛剛買完電影票的約會男女，手裡都拿著一桶爆米花，與各種口味的可樂，同時餵養著愛情與舌頭。

第七廳，正在上映的是好萊塢年度鉅片「異形大戰絕地武士」，聲光特效自然一流，演員陣容更是一時之選，年邁的湯姆克魯斯飾演誓死捍衛議會的絕地武士，與飾演西斯武士的亞當休伊斯盡棄前嫌，攜手共抗入侵共和國的變種異形。亂七八糟的劇情吸引了影迷的瘋狂支持，電影院裡不時爆起掌聲與笑聲。

散場，觀眾陸陸續續走出戲院，笑聲依舊不斷。

兩男一女。

「剛剛那片眞是既好氣又好笑！什麼鬼啊，絕地武士竟然正經八百地在那邊砍異形！」一個綁著馬尾的女孩，挽著身邊的高瘦男子哈哈笑道。

「但不看還眞不行。這種劇情不是想看就看得到的，十年一見啊。」高瘦男子笑笑，散亂的劉海蓋住額頭。

「是啦，不過我們有的是時間。」一個較矮的男生走在高瘦男子身旁，笑嘻嘻說道：「說不定再過十幾年，我們就可以看到刀鋒戰士對終極戰士啦，還是蜘蛛人對麥當勞叔叔耶！」

較矮的男生笑得暢懷，高瘦男子的眼角卻淡淡往旁一瞥。

兩個高大的男子，若無其事地站在後方交談，一個看著手錶，一個推著太陽眼鏡。表面上聊得挺開心，實際上談話的內容卻乏善可陳，許多字語都重複了。仔細拆解辨別，還可以發現字句裡夾雜著特定的術語。

「發現奇異的命格能量。對方是最高等級的通緝吸血鬼。」一名男子說。

「命格的能量出奇地高，但還沒分析出是哪一個已知的命格，恐怕不易對付。請鄰近支援灰獸。」另一名男子假裝看著手機上的簡訊。

這些，都逃不過高瘦男子靈敏的耳朵。

從兩個小時前一進電影院開始，這兩個男子就一直注意著他。他們的身上，有很明顯的獵人氣味，卻又不像單純的那麼回事。

而現在，十一點鐘方向跟三點鐘方向，同時又有兩名黑衣男子假裝逛街，卻以監視的眼神慢慢接近自己。

高瘦男子心忖，就某種恐怖的默契而言，台灣的秘警暫時不會動他，獵人也不會這麼沒趣找死。

會是誰呢？

想知道答案，只有一個辦法。

「我去一下洗手間，你們先回去吧。」高瘦男子笑笑。

「……又來了是吧？」女孩嘆氣。雖然沒有嘆氣時該有的落寞神色。

「王八蛋老大，那我呢？」較矮的男生摸摸鼻子，有點不知所措。

「保護女士當然是你的責任啊。」高瘦男子邁開步伐，說：「我去去就來。」

第202話

大型氣管間的中央空調嗡嗡運作聲，在偌大的洗手間裡聽得格外清楚。

高瘦男子穿著淺綠色的舊牛仔褲，一身黑得發亮的短皮外套。

在洗手台前，高瘦男子從容地梳起他的額髮，將凌亂的劉海撥開，露出額頭上的青色疤痕。微笑，看著鏡子裡慢慢接近的兩道人影。

人影駐足在洗手間的盡頭，似乎意識到保持距離的重要。

毫無意外，是剛剛那兩名眼神有異的男子。

三個人都不說話，氣氛詭譎。

幾個上班族在洗手間裡大聲嘻笑，有個第一次約會的高中生猛對著鏡子擠青春痘，一個老先生站在小便斗前的時間多得讓人誤以爲他已經睡著了。人來人往，進進出出。水聲。

上官無筵並不想讓這些老百姓捲入緊接下來的事件，於是慢條斯理地將肥皂泡沫均勻地塗滿雙手，微笑洗起手來，悠閒到每個指甲縫都仔細清洗乾淨。

關於上官無筵輕鬆以待的舉措，也正合兩名黑衣男子的意。

一方面，他們也正等待著強力的支援趕來。身爲組織的戰鬥零件，他們並不自大，一切以完成任務爲最高原則。如果強力的支援「灰獸」駕到，這場戰鬥才有百分之百的完全勝算。

另一方面，他們亦不想節外生枝。

現在遠遠還不是組織在世人面前曝光的時機。必要時殺了眼前的命格強敵後，若搞得一地湯湯水水，他們還得去一〇一大樓裡的管理員室將監視影帶給取出消滅；如果場面太過混亂來不及去管理員室，即使用上了戰略型微縮EMP電子脈衝彈消滅大樓裡的所有電子儲存資料，也在所不惜。

水聲不歇。

從容洗著手，上官卻刻意散發出連尋常人都察覺得到的危險殺氣，從無到有，從有到強，凜凜殺氣壓迫著二十坪大小的空間，洗手間裡進進出出的遊客漸漸感到不對勁，有的連拉鍊都沒拉就知趣地離開。終於四下無人，三人之間的沉默始將打破。

「上官無筵？」兩名男子都戴著閃著紅光的眼鏡，解開上衣的鈕扣。

正是。

亞洲第一飛刀，無敵百年的上官無筵。

「既然知道，就應該珍惜生命。」上官看著鏡中的兩男，並沒有回頭。輕輕合掌，甩著手，讓指縫中的水液噴濺開來。

上官並非神經質的戰鬥狂，沒有隨身攜帶所有的傢伙。

但他也不是莽撞的自大狂。

他的腰際皮帶上依舊扣有五柄鋼質飛刀，四柄銀質飛刀。

夠了。

無論如何，夠了。

「抱歉，我們不是爲了你的名字而來。而是爲了你體內不屬於你的東西。」一名黑衣男從身上拿出兩顆橡皮球，捏破丟出，橡皮球朝四周噴出紅色的怪霧，卻沒有因此啓動一〇一的火警警報。

兩男的手臂上似乎裝載著特殊的不明武器，上官嗅到了不尋常的危險。

隱隱約約，上官腰扣上的飛刀微微震動。

「要什麼？不是太貴的話，我送你們就是了，別把人家辛苦打掃的洗手間弄得紅通通的烏煙瘴氣。」上官嘆氣，兩手一攤。

「那也得，讓你先把命送掉才行。」兩黑衣男並沒有開玩笑的意味，身影一半埋在紅色的怪霧裡。

「那可不行，我是個很貪戀生命的人，簡單說就是怕死。」上官笑笑，還未明白腰扣上的飛刀爲何震動，難道是感應到了敵人的殺氣？

……敵人的等級眞的有那麼高嗎？高到連自己養的兵器都受到了這種影響？

哼。

「話說從頭，你們究竟是誰，爲什麼硬要我花時間殺掉你們？」上官瞇起眼睛，說：「我不是金田一也不是柯南，對解謎這種事不感興趣也不擅長，趁你們還有說話的力氣，快點把你們的身分交代清楚吧。」

「挺有自信的。」一個黑衣男冷笑，伸手按下了手臂裝置上的金屬鈕。

「算了。」上官並沒有興趣等待敵人亮出武器，也不回頭，他的手模模糊糊一晃，飛刀快速絕倫地激射而出，朝一名黑衣男的喉嚨狂飆。

然而飛刀才剛剛脫手，上官就感到飛刀出手的角度些微不對勁。似乎有一股難以抗拒的力量在拉扯飛刀，將飛刀的行進軌道從一脫手時就開始破壞。

果然，飛刀在接近黑衣男的一公尺後急墮斜落，驚險地擦過黑衣男胸胛。

時同此刻，黑衣男被上官的飛刀襲中前，與另一名黑衣男同時從手臂的奇異裝置中噴出了危險的銀色閃光。

兩道閃光滾滾而出，猶如狂鷹裂空斬襲！

第203話

「好快！」

上官暗暗訝異，看著鏡子中的閃光一驟。

上官可是「速度的第一行家」，連他都這麼訝異此銀光兵器的「快」，足見銀光兵器的迅雷不及掩耳。在這麼短的距離，似乎是來不及閃躲了！

——用掌徒手硬砍？硬接？

太凶險！

上官心神如電，來不及回頭應付，雙手便從腰扣間各抽出兩柄鋼質飛刀，一運氣，直覺往斬向自己背脊的兩道銀光招架。

尖銳的金屬碰撞聲中，兩柄飛刀應聲斷折，銀光狠狠削向前方的鏡子。

迸！

鏡子當然四分五裂。

但上官消失了。

上官及時躲開，卻沒有如往常迅速衝向飛射奇怪兵器的敵人，一人一掌結束戰鬥，而是在兵器交擊的瞬間衝向洗手間深處，一邊思索著幾件事。

首先，在手中飛刀與對方奇異兵器碰撞的要命時刻，他看清楚了敵人的兵器是兩只銀光流轉的金屬圓盤，金屬圓盤的邊角至少有四道突起的利刃。

由於圓刃不只是高速前擊，還加上了凶猛的自轉，斬擊的破壞力連他已運氣強化的鋼質飛刀都能輕易摧斷，剛剛若用手掌硬碰硬互斬，下場堪慮。

第二，從圓刃行進的軌跡與敵人揮舞手腕的動作來看，他確信圓刃的攻擊原理來自於「磁力」。而敵人手中的金屬裝置，就是用電磁力控制圓刃的機關。

這也就是在還未開始戰鬥前，他身上的飛刀便隱隱晃動的原因。第一擊飛刀出手，原來是要見血封喉的奪命佳作，卻受到莫名牽引的影響只是堪堪擦過敵人胸胛，自然也是被敵人手中機關的巨大磁力所影響了。

第三，這些紅色煙霧是什麼鬼？受過對毒藥、麻醉藥強力忍受訓練的上官，並沒有感覺到這些紅色煙霧裡藏著類似的威脅，但卻被這兩個黑衣人當作是戰鬥的開場白。

難道，釋放紅霧只是一種儀式？

「理所當然，打贏了才能問出個所以然。」

上官才剛剛落下，一腳踏在小便斗，擊碎鏡子的圓刃滴溜溜轉了個彎，又回到了敵人手中的裝置。只輕輕在黑衣人手臂上一掠而過，圓刃像是補充了電磁力，速度不減，再度悍然噴出。

而且，這次變成了四把磁刀！

「嘖嘖，眞厲害的武器。」

上官拉開了戰鬥距離，睜大了眼睛，現在磁力圓刃是怎麼樣也砍他不到了。

此時此刻，「身形如電」不只是一句誇張的形容詞，上官將這四個字做了最好的詮釋。只見圓刃在半空中來回撲擊，將陶瓷小便斗與大理石牆砍得支離破碎，卻連上官皮衣的邊都沒沾著。

完全，就是兩種等級的速度。

「太驚人了，連系統的模擬攻擊中都沒有遇過這種狀況！」黑衣人驚懼不已，不斷拉扯無形的磁力線操縱凶殘的武器，但明明就要斬到了目標，目標卻每每驚險地躲過。

……似乎，是在測試他們還能將磁刃操作到什麼境界似地戲耍。

「還蠻有一套的嘛，如果是其他的黑奇夥伴，能夠順利在這種武器底下活下來嗎？」

上官在猛如潮水的圓刃攻擊中思忖：「不行，太危險了。一定得問出他們是哪裡的組織，是政府新雇的獵人，還是嗜獵者組成的暗殺集團……」

風切聲中，上官突然想起了最近沸沸揚揚的慘劇。

上個月底，哲人幫裡的超級猛將「快思客」，在開往高雄的夜班火車上遭人暗殺，屍體被切成上下兩半，上半部留在車廂，下半部則遭抛落鐵軌，死狀奇慘，恐怖的屍體照片流傳在「可笑的氣球」網站裡。

江湖上盛傳，此案是赤爪幫裡與其素有舊怨的「厲手白髮」所爲，但厲手白髮唯一的左手有多大能耐，上官最清楚。留在快思客屍身上的超高速斬切創口，絕對不是厲手白髮的傑作。

——答案，就在身邊嗚嗚咽咽的風壓裡。

就在上官發愣的同時，呼嘯而過的圓刃將他的黑色皮衣劃開一道口子，一個高速迴旋，又擦過上官的顴骨，破出血紅。

「混帳，這件才剛買不久的黑色皮衣也保不住。」上官罵道，雙手閃電擊出。

□

須知道，上官有過的江湖諢名裡。

有一個稱號，曾讓一百個獵人，三百頭吸血鬼喪命。

霹靂手。

第204話

吸血鬼的動態視覺達到頂尖，看準磁力圓刃的軌跡，上官的雙手一拍。

四只高速盤轉暴行的磁力圓刃，旋轉再怎麼快，邊刃再怎麼銳不可當，一旦被上官的霹靂手狠狠「垂直擊中」圓刃中心，立刻像銅鈸般互相撞擊在一塊，傻傻地墜落。

「！」

不等兩名黑衣客反應，上官如子彈般衝出。

劃破紅霧，一眨眼來到兩人面前。

「拿出你們剩下的本事吧。」上官冷冷揮拳。

黑衣客並非單單依賴磁力圓刃之輩，徒手打鬥也是一流獵人的身手，但在上官面前，他們的所有攻擊就像是小鬼撒野，上官隨手便將兩人的雙手手骨打折，又在兩人的後頸輕輕一斬。

上官的斬擊重若千鈞，其中一名黑衣客重重倒下，口吐白沫；另一名黑衣客卻只是身形一晃，十分硬氣地勉強站著，不讓膝蓋墜地。

上官冷冷地看著屹立不倒的黑衣客，他的鼻腔蓄滿了濃稠的鮮血，在搖晃的身軀下，鼻血湧出，如虛弱的風箏線一絲晃落。

「好一條漢子，我知道不論我用什麼手段逼問你，你都不會說實話的。」上官看著身旁不倒的硬漢，一腳踩醒倒在地上的黑衣客，嚴肅說道：「所以說實話的工作，就交給像狗一樣趴在地上的你了。」

倒在地上的黑衣客像蟲子一樣，眼神迷離地看著幾乎完全被毀掉的洗手間。

「說，你們是哪個組織派來的。」上官問。

「去死吧。」地上的黑衣客咬著牙。

「嘖，就知道不會這麼順利。」上官伸手往旁一抓。

上官這一抓，並非抓向倒在地上的黑衣客，而是將硬是不肯倒下的黑衣客的肩膀，活生生抓了一大塊下來。

這是何等痛楚！痛得黑衣客恐懼得嚎叫了起來，絲毫沒有一絲硬漢風範。

「哪個組織？」上官將鮮血淋漓的肩膀，連肉帶骨丟在地上。

「……」地上的黑衣客駭然，目瞪口呆。

「你的夥伴好像不明白你的痛楚。」上官蹲下，瞪著地上的黑衣客。

「沒辦法，誰教你將我新買的黑色皮衣給割壞了。」上官若無其事伸手往旁邊一抓，指力催動，竟將痛得快要瘋掉的黑衣客的膝蓋整個拔下。

偌大的黑衣客終於摔倒，完完全全被疼痛所強暴，眼淚迸出。

亂七八糟的膝蓋被上官隨手拋到一旁，尚黏在膝蓋上的神經束格外觸目驚心。

「哪個組織？」上官問得意興闌珊。

刑求不是上官的強項，聆聽哀號更不是他的興趣。

所以，上官只是按照最有效率的方式，問出想要的答案。

這種問不出答案也無關緊要的「強勢」，所帶來的恐懼完全吞噬了黑衣客。

「……Z……組織……」黑衣客閉上眼睛，顫抖地吐出這三個字。

「喔，就是傳說中那個熱愛仲介和平的怪組織嗎？原來，這就是你們仲介和平的方式，就跟你們把類銀製造出來的道理如出一轍。」上官自問自答，這個組織成立的時間、龐大的程度已足以讓慵懶的上官知悉。

「……」

「哲人幫的快思客是不是你們殺的？」

「是。」

「紅色的霧是幹什麼用的？」

「……說了，你這傢伙也不會明白。」

上官伸手，立刻從失去肩膀與膝蓋的男人身上，又剝了一樣東西下來。

這一樣東西，比起肩膀與膝蓋，算是可有可無的裝飾了。

血淋淋的左眼皮。

「混帳！是困住命格用的血霧！我們是想獵捕你身上的怪命！」

「命格？」

上官皺眉，想起了幾年前聖耀跟他說過的話。不過這幾年聖耀所說棲伏在他體內，不斷奪走親朋好友的「凶命」，似乎已經消失不見。聖耀還是跟黑奇幫上官組混，大家卻都活得好好的。

趁著上官這一思忖，身體被當作玩具般拆卸、痛到快瘋掉的黑衣客，猛然一頭撞在大理石牆上。頭骨迸裂，斷氣了。

「殺死我！是英雄的話就別耍折磨手段！」同伴自殺了，地上的黑衣客咆哮。

他不畏死，只恨強援未到。

「說得也是，是我不好。剩下的我自己慢慢查吧。」上官冷冷說道，伸出手指往黑衣客的額旁太陽穴一戳。

力勁透進黑衣客的顱內，終結了大腦最後的憎恨指令。

紅霧漸漸褪去，短暫的黑暗問話結束。

趁著祕警尚未被這場破壞性打鬥給驚動趕來前，上官靜靜地審視他殺死的兩個可怕敵手所留下的額外資訊。

不斷閃動數字與奇怪名詞的紅色墨鏡。

背袋裡經過特殊強化的鏡子。

以及非常精密嵌合的磁刀裝置。

上官並沒有說錯，接下來Z組織一定還會有更多的刺客前來。

他的理論是：殺到最後一個刺客，總會拼湊出背後的眞相。

反正黑暗賜給他的時間很多。

「不對，剛剛不是有四個刺客，現在我只遭遇了其中兩個……」上官心中一懍，罕見的冷汗瞬間溼了他的背脊。

命格……聖耀的凶命……

「糟了，這群人不只是要找我！」上官霍然站起。

突然，一〇一大樓的燈光啞啞熄滅，整棟樓沒入高聳的黑暗。

百命藏麟

命格：天命格

存活：無

徵兆：無可避免地，宿主有自我中心的傾向，過度自信的氣質，卻讓周遭朋友無不拜服，不知不覺成為人群中的領袖。當宿主集中精神時，身上散發出的光芒往往讓人無法直視。

特質：與命格「一元復始」有異曲同工之妙，其命格的霸氣將令周遭所有命格伏首稱臣，失去原本的運作形式，作用範圍依照宿主應用命格的熟悉程度而定，有時也會視周遭命格的等級而有不同。有些天性狂霸或能量深厚的命格未必失效，只是遭到壓抑。

進化：無

第205話

與上官一起到一〇一大樓看電影的，當然是佳芸與聖耀了。

話說聖耀自從被上官說服不再一個人流浪後，說也奇怪，只要牢牢跟在上官旁邊，他身上巨大恐怖的「囟命」就像消失一樣，除了快速修補身體的功能，再也沒有害死過任何一個夥伴。

發現了這奇妙的一點，聖耀也就從善如流，帶著體內窮凶極惡卻畏懼孤獨的囟命，就這麼永久投靠上官。聖耀不再孤獨，與囟命之間也就相安無事。

儘管如此，聖耀還是不敢將黑奇幫的夥伴們，喚得太親暱。

「臭女人，王八蛋老大他不會有事吧？」聖耀有些緊張，眼神不時四處張望。

「他說去去就來，就是去去就來啊，沒有一次失約的。」佳芸笑笑。

對於她的男人，佳芸總是很有信心。而佳芸也從沒懷疑過，身旁這個老是叫上官「王八蛋老大」、叫自己「臭女人」的男孩，捨身用生命保護自己的意志。

不幸的是，考驗很快就來了。

紅色的煙霧不知何時已在四周緩緩瀰漫，將兩人通往樓下手扶梯前的視線重重鎖住。佳芸與聖耀機警地停下腳步，發現兩個黑衣人不懷好意地站在手扶梯前，看樣子是不讓兩人離開了。

「一個命格名謂不明，只知道是厄命形態，等級仍在估算中。」

「一個命格是奇命形態，叫『魔音穿腦』，等級約一百五十年。」

兩個黑衣客說著話，眼睛裡的壞算盤絲毫不隱藏。

自己也就罷了，但佳芸……聖耀的冷汗滴下。

「等等，眞是太驚人了！這兩個目標身上的命格，在離開那個叫上官的目標後，能量竟快速膨脹開來。」一個黑衣人看著紅色墨鏡裡不斷飛跳的數據，驚詫不已：「尤其是這小子身上的命格能量至少有一千年以上的壽命，簡直不可思議。」

「奇貨可居嗎？哼，就算是在大庭廣眾下也顧不得了，速戰速決吧。」另一個黑衣人冷冷說完，雙手輕輕一劃。

兩道銀光削過空氣，直撲聖耀與佳芸！

「快逃！」聖耀本能地擋在佳芸前，硬生生受了磁刀凶氣騰騰的砍撲。

聖耀死命站好，但在兩柄磁刀穿過他胸腔，砍碎兩葉肺臟的瞬間，力道仍將他的身體拔空了半公尺。

鮮血飛濺在佳芸的臉上。

兩柄磁刀已迸出聖耀的背脊一半，眼看就要穿出，劃向佳芸。

「凶命拉住！」聖耀在半空中瞪大雙眼，痛苦地嚎叫。

一股驚異的力量被迅速召喚出來，在聖耀的體內狠狠抓住快要爆出的磁刀，直到磁刀的動能完全消耗殆盡，不再前進。

聖耀摔倒在地，看著身上的鮮血暴灑了一地。

擲出磁刀的黑衣客雙手拚命拉動無形的電磁線，卻使喚不回可怕的磁刀。

磁刀也因此在聖耀的胸腔裡，分毫分毫地移動，與凶命的魔爪拔河。

血淋淋的聖耀引起四周行人的尖叫聲，路人大聲叫嚷報警，卻都不敢靠近。

「佳芸，快……快逃……」聖耀眼前發黑，痛得幾乎要立刻休克。身體裡，還嵌著兩柄他用「心意」擋下的致命武器。

但聖耀並沒忘記另一個黑衣客還未出手，至少還得拚死擋下兩柄磁刀才行。

佳芸知曉聖耀的特殊能力，如果辜負他的心意就太失禮了。於是佳芸用她最快的果斷拔腿往後就逃，腦子裡全是慌亂的祈禱。

「眞可怕，這樣還不死。」黑衣客皺眉，看著無法收回的磁刀，疑道：「有命格的能量這麼強，這麼及時的嗎？」

「不打緊，就算暫時死不了，他也沒力氣逃跑了。我先料理那個擁有『魔音穿腦』的目標，你再慢慢把這小子殺死吧。」另一個黑衣客平舉雙手，即將射出手臂裝置上的磁刀。

聖耀雙手苦苦撐地，磁刀留在胸口裡的痛苦幾乎斷絕了他的意識，但他還是咬緊牙關，虛弱說道：「兩位哥哥，我們何苦……何苦手……手足相殘？」

哥哥？兩位哥哥？

黑衣客只是一怔，隨即「明白」聖耀只是臨死前意識不清，胡亂囈話。

「女人，把『魔音穿腦』留下。」黑衣客甩手，磁刀嗚嗚噴出！

猶如迴光返照，聖耀霍然一跳，雙手擎天，姿勢就好像把守龍門的足球守門員，奮力想用自己的雙手將兩柄急速雙刃給硬擋下來。

但，聖耀的撲擊速度怎麼比得上Z組織的高科技武器！

「……糟了。」聖耀眼睜睜看著磁刀削過自己的手臂。

繽紛血屑中，磁刀直直撲向快步逃跑中的佳芸。

磁刀距離佳芸只有十公分，風壓已涼了她的背脊。

「這次你眞的遲到了。」

佳芸閉上眼睛，嘴角依然帶著微笑。

第206話

輕飄飄地，佳芸雙腳情不自禁騰空而起。

佳芸在半空中飛快畫了一道漂亮的圓弧，躲開了磁刀的奪命斬擊。

這一躲，妙到毫巔，連佳芸都不知道自己是怎麼辦到的。

磁刀想要迴旋進擊，卻被一道優雅的黑影給巧妙地亂入攔截；黑影伸出雙手，看似舉重若輕托住了磁刀，實則以深厚精純的內力緩和了磁刀的運轉，瞬間就封住了磁力的運作。

這番驚世駭俗的內力，加上精準明快的手勁。

只有精熟武當太極勁的那一「人」方能做到。

「老大不在，誰敢趁機欺負我們家女孩？」

天旋地轉後，佳芸好整以暇站在地上，尚未反應過來。

磁刀滴溜溜躺在一名高眺纖細女子的手裡，卻沒有傷到女子雪白手掌分毫。

女子長髮飄逸，神色慵懶。

黑奇幫，唯一一名沒有跟上官動過手、分個高下的成員。

張熙熙。

「這是怎麼回事！」黑衣客奮力扯動磁刀，卻無法移動張熙熙手上的磁刀。

定神仔細一看，那磁刀根本沒有躺在張熙熙的手中，而是懸浮在張熙熙雙掌之上微寸，被精巧的內力氣流給支撐住。

可怕的，不只是登峰造極的太極勁。

「這個女人，身上也有命格……真不敢相信，怎麼一個晚上盡遇到強大命格的高手。夥伴，這下子在灰獸支援前，我們有場硬仗要打。」另一名黑衣客握緊拳頭，不再嘗試拉回聖耀體內的磁刀，而是擺起肉身格鬥的架式，全身散發出一股武者氣勢。

沒錯，但了此時此刻，也只有動用Z組織的特別戰備了。

「啓動命格，岩打。」

「啓動命格，流星。」

兩名黑衣客按下手臂的按鈕，兩管預先準備、顏色詭異的流液，快速從手臂上的微型注射筒內灌射進黑衣客的體內，經過壓縮封印的「命格能量」也跟著擴染了全身，改變了兩名黑衣客的掌紋。

一瞬間。

受過嚴格武術訓練的黑衣客，在命格的加持下變成了出類拔萃的武術高手。

氣勢驚人。

「很厲害的把戲啊，原來剛剛並不是你們最強的招式。」張熙熙微笑走上前，輕輕扶起了聖耀，說：「小朋友，你可以自己站好吧，看姊姊怎麼替你出口氣。」

經過這一折騰，聖耀已自行拔出了嵌在體內的磁刀，氣喘吁吁地掛在一旁的欄杆，即使失血過多，但心中大感慶幸。

有了張熙熙，就好比……

「妳怎麼會來的？老是這麼巧……」佳芸心有餘悸。

「嘻嘻，妳以爲我喜歡當跟屁蟲啊，我也不過是正好來看場電影，碰巧遇上這種沒有情趣又容易受傷的事情罷了。」張熙熙笑笑：「你們說，我能假裝沒看見嗎？」

看著笑臉迎人的張熙熙，黑衣客拚命咬住牙關，因爲他們竟不由自主發抖。

發抖的原因，不是因爲棲息在張熙熙體內的命格，而是一種武者的本能。

「嘻嘻，拿出你們的本事對付自己的武器吧，有本事拿它們砍人，就要有本事對付它們，這才是武者風範喔。」張熙熙不疾不徐，踏著輕鬆的步伐前進，手裡懸持著兩柄磁刀。

加上聖耀遞過的血淋淋的兩柄，共計四柄磁刀。

毫無戒慎恐懼之意，張熙熙走進兩名殺氣騰騰的黑衣客之中。

突然間，一〇一大樓裡的燈光忽然熄滅，只剩下黑暗裡的酒渦。

「希望接下來不會受傷啊。」張熙熙甜甜一笑。

接下來的半分鐘裡，兩名黑衣客看見了眞正的，優雅清閒的——

武學暴力。

關鍵時客

命格：機率格

存活：兩百年

徵兆：真是可怕的關鍵巧合，宿主常常適時出現在各種被急迫需要的場合，帶給周遭人等出其不意的震撼。擁有非常驚艷的出場感，令人羨慕。

特質：由於宿主的命運被奇妙地嵌合進所屬的團體、甚至歷史朝代中，所以其關鍵的出場擁有扭轉情勢的巨大能量。宿主通常擁有非常冷靜的特質，對掌握對戰氛圍擁有極高的心理優勢，也因為總是在同伴亟需支援的情況下出現，所以非常容易贏取夥伴的信任，成為命格吃食的正面能量。

進化：乾坤變。

第207話

饒是上官也有疏忽的時候，畢竟細心不是他的本性。

撐著點，我就快到了。

上官悔恨不已，飛奔向剛剛三人分手的地方。

「！」

一股強大的氣從腳底下的地板快速拔昇，瞬間爆破而出。

黑暗中，一道極淒厲的風壓撲面，上官機警地躲開，順手往風壓深處一斬。

痛！

上官往後飛躲中，適才揮出的掌緣猶如斬到鋼牆般抽痛。

粉霧瀰漫中，一個全身鑄滿鋼鐵的灰色怪物，曲膝在崩毀的地板上。

基因實驗的恐怖成果，仲介和平的終極兵器。

灰獸。

「上官無筵，第三種人類向你致敬。」灰獸流出兩槓灰濁的鼻血，低頭看著身上的掌痕。

這一掌的力道竟然穿透了基植鋼鐵的皮膚，崩斷了牠兩根肋骨，勁力四散。

眞不簡單，連百獸之王獅子的撲擊都遠遠無法辦到。

「很不幸，傳說到今天爲止了。」灰獸吐出一口濁氣，全身燃起烈烈戰意。

謀殺傳說，這會是多麼驕傲的戰績啊！

「我聞到很多激素混在一起的臭味道。」上官嫌惡地說：「沒工夫在這裡跟你耗，別擋路！」猛然往柱子一蹬腳，身形如弩砲射出。

上官的確沒有閒情逸致。

與其研究眼前不黑不白的怪東西是什麼來頭，不如閃電格殺了牠！

拳速流影，質剛勝砲。

上官一拳揮出，以生平所有強敵都無法全身而退的超高速，擊向灰獸。

灰獸果然無法躲開，但皮膚基因受過非人道改造的牠，卻硬是用左臂招架住上官的快拳，死命不移不動地雙腳登時踏破地板。

地板上的裂痕，蜘蛛網狀撕開。

「還給我！」灰獸暴吼，奮力承受力道，握拳。

在與上官錯身的時候，灰獸的右拳往上官模糊身影，重重揮落。

論灰獸這一捨身送拳的時機極是驚人，論力勁，更是無可挑剔的恐怖。

空氣中一陣爆響。超越音速的暴力藝術。

但上官可不認同。

一個俐落的翻身，上官落地。

「比起怪力王，你這一拳還差得遠。」上官看著地上的灰色血滴。

灰獸痛苦劇吼，眼睛插著兩道銀光，破腦的劇痛蒸騰了牠的神經。

皮膚與肌肉再怎麼堅硬，眼睛仍是身上最脆弱的一環，也是最接近腦部的致命地帶。誰也瞧不清，上官是如何在剛剛那致命交鋒的哪一個環節，射出了兩柄飛刀。

「再來打過！再來打過！你別想逃！」灰獸的手一把抓向自己的臉，想硬生生抓出飛刀。但是飛刀深深沒入了灰獸的腦，幾乎就要穿出後顱骨。

上官連給牠最後一擊、多說一句狠話都嫌費事，一眨眼就跑不見了。

只剩下，獸性狂發的灰色怪物的嚎叫。

第208話

上官趕到現場的時候，只看見兩具怪著驚詫死容的屍體，與地上留下的紅色特殊記號。那是黑奇幫的落款，暗示著會合的地點：「魔獸窩」。

看字跡，是張熙熙留下來的。

「眞稀奇，這樣也能逢凶化吉。」上官鬆了一口氣，捏緊的拳頭終於鬆開。

回到剛剛屠宰灰獸的地方，灰獸已經不見了，牆上倒是破了個大洞，大洞的後面亦是一片遭到強行衝撞的軌跡。看樣子灰獸是不顧一切逃走了。

追？上官還眞沒這麼小家子氣。

一個小時後，上官來到指定的魔獸窩。一開門，只見張熙熙、聖耀與佳芸，加上久違不見的賽門貓，全都坐在地板上湊著打牌，氣氛熱烈。

「你終於來啦！遲、到、狂。」佳芸抬頭，沒好氣地看著上官。

「哈哈，都是我不好，白癡到貪玩了一下。」上官抓著頭，有些尷尬。

上官脫下被割壞了皮外套，臉紅往床上一摔。明天晚上又得請佳芸陪他去挑一件新外套了。

「王八蛋老大害我白白挨了這種東西，痛都痛死了。」聖耀拿著一手爛牌，也抬頭瞪了上官一眼，手指著張熙熙腳邊的金屬磁刀，以及張熙熙從敵人手臂上拆卸下來的遠端遙控護腕。

「嘻嘻，這東西挺好玩的，但是如果拿著這種東西的人不是兩個，而是一支軍隊，就不太好玩了呢。」張熙熙拿起磁刀，拋著拋著說：「這東西我們得研究研究，以後還會見得更多。」

上官同意，看著遠端遙控的護腕，這種精密的裝備是Z組織大量生產製造的，其心可議，究竟是爲了什麼目的存在的，還得調查清楚，將資訊分享給黑奇幫以外的台灣吸血鬼幫派。

「還有一點奇怪，他們把這種試管打進了他們體內後，就瞬間變強了。說不上是怎麼變強法，就是身上的氣整個不一樣了，讓我感到更害怕了。」聖耀拿起空空的管子，裡頭還有些許液體殘渣。

「嘻嘻，你這小子也不錯嘛，已經可以感受到這些差異囉。」張熙熙笑笑。

上官接過聖耀手中的試管，凝視搖晃，那液體在日光燈下映著奇異的色澤，以及無法解釋的戰鬥氣息。

「老大，上個月你叫我潛進東京調查類銀的事，跟在美國的阿海得到的祕密資訊一比對，我想我已大致弄清楚了幾個線索。」賽門貓說。

他今天晚上才從東京回到台灣，差點因檢修延飛到明晨的飛機回不來。要知道，吸血鬼跨越隔海國境非常受限於陽光的照射，只要是日間飛行的班機都等於是巨大的危險，但依靠貨輪在大海上移動，卻又極曠日費時。

「喔？」

「類銀的研究跟老大在我出發前提到的一樣，是由Z組織主導，與美國秘警署研發出來的疫苗兵器，但這項研究缺乏突破已經有好幾年的時間，連美國政府也從一開始的棘手態度，轉爲不上不下的曖昧。」賽門貓一邊打牌，一邊緩緩說道：「簡單說，就是有點燙手山芋、曹操雞肋的意思。」

「我猜東京的類銀事件背後，並不是單純的實驗性攻擊吧。」上官。

「沒錯。從類銀事件開始，東京的情勢變得特別不安躁動，給了我很多的機會潛進特別V組看各種資料，包括類銀對地下皇城的傷害效果，以及東京武力配置的部分圖樣，我全都順手背了起來。另外，阿海傳來的資料顯示，美國政府正在尋找放棄類銀計畫的政治時機，而我看到的資料告訴我，東京方面至少從七年前就知曉類銀計畫的存在，卻一直隱忍不發，可見東京再怎麼邪惡暴力，主張和平的派系還是有效壓制了主戰的軍系。」賽門貓像背書一樣滔滔念念：「我懷疑這次的類銀攻擊，是有心人要刻意打亂勉強維繫的和平。這個勢力既可以取得列爲最高機密的類銀，顯然不是一般的戰鬥組織。」

上官想起了牙丸千軍那個糟老頭。他的確有那樣的深沉城府隱忍。

……但那樣的隱忍內涵，主要還是來自於對「反擊能力」的格外自信吧。

「眞虧得你了。那這個勢力，會是日本主戰的吸血鬼軍系？還是美國主戰的派系？」

張熙熙想了想。

「說不定還是個聯手的局面，那樣便很難搞。」上官皺眉，打開冰箱拿了幾個血袋丟給大家。聖耀特別接過了三人分，因爲他今天晚上流了太多血。

東京的吸血鬼帝國再怎麼惹人厭惡，一旦與美國開打，就怕演變成兩大種族之間的對立，屆時雙方互相毀滅的結果讓人不敢多想一秒。

只要是還想在大氣層底下拚命呼吸的生物，都別想置身事外。

上官思忖，是否應該請壺老爺子出動召開跨幫派的會議，然後與牙丸千軍那權力很大的糟老頭取得聯繫。交換特定的情報不會傷害彼此的尊嚴，對和平也大有幫助。

「若加上今天晚上遭到刺客襲擊的事件，我覺得Z組織很可能脫不了干係。不是Z組織裡面有人暗中搞鬼，就是整個組織都涉足其中，若是後者，嘿，咱們可得有大幹一場的準備。」上官咬著血袋，補充這個月分維繫生命的所需。

佳芸無奈嘆口氣，唉，有個不怕打架的男友眞教人提心弔膽。

「好小妹，到時候姊姊專門保護妳。」張熙熙笑道，溫柔地咬著血袋。

「倒是値得一提，由於近日禁衛軍受到了外來武力的挑戰，甚至開啓了其中一具樂眠七棺好應付，看來敵人挺了不起。」賽門貓鄭重地說：「現在所有在東京的吸血鬼都在傳言，被放出來的，就是以前殺翻吸血鬼的東瀛第一獵人，宮本武藏。」手裡揉著冰冰涼涼的血袋。

「這消息我從『可笑的氣球』網站裡看到了。那傢伙現在大概半瘋半狂地在東京裡拿刀暴走吧。」張熙熙搗嘴吃吃笑道：「如果有機會，眞想問問他當初好端端的，是怎麼讓服部半藏騙成了吸血鬼。」

有的，還眞是機會。

「侵入東京的狂人到底是什麼來頭，可以把牙丸禁衛軍密集的東京搞得天翻地覆？」聖耀意猶未盡問道，三包血袋早乾了。

「依照猜測，我與他曾有一面之緣。」賽門貓露出有趣的微笑。

「喔？」聖耀。

賽門貓唸出了，放在特別V組裡的重點資料。

「獵命師。」

魔音穿腦

命格：情緒格

存活：一百五十年

徵兆：宿主幾乎是無師自通音律，愛唱歌的本事感染到聽眾，常令周遭人等聽得如痴如醉，無法不停下手邊的工作。宿主經常擁有「歌神」、「唱后」的稱號。

特質：不僅歌吟人醉，甚至迷虎醉龍。可蠱惑人心、顛倒思想，達到不戰而屈人之兵的奇效。傳說中希臘神話裡在大海迷惑航海勇士、使之迷途被大海吞噬的唱歌海妖，就是一群集體擁有此種命格的族類。

進化：四面楚歌、滄海一聲嘯。

〈續獵與被獵〉之章

第209話

好累。

陳木生全身蒸騰著白色的氣，呆呆看著石階梯上，逐漸燒成灰燼的巨大咒獸。

也眞夠不切實際的，這種奇形怪狀的咒獸到底是J老頭參考哪些怪物折製出來的？還是憑空的想像？折出這種怪物是想謀殺史前巨人嗎？

帶著一身恐怖的、焦黑條條的傷，陳木生感覺恍若隔世。

看著手裡殘破的九節棍，脫力過甚的雙手還在發抖。若不是依靠九節棍激發出的力量，自己想徒手打敗巨大咒獸恐怕要花上雙倍……不，甚至是五倍的時間。以及，五倍的焦黑傷口。

「兵器眞是……不可思議……眞不可思議……」陳木生顫抖的手輕輕一甩，九節棍鏗鏗喀喀地敲打著往下的石階，每一節發出的聲音都不一樣，有的重沉，有的輕盈。

J老頭針對上個使用者的特殊素質，將九節棍設計成九節輕重不一，材質也不一，好讓上個使用者將九節棍使得千變萬化，令敵人無從摸索九節棍的詭異攻勢。

因材造器一向是J老頭的哲學，於是並不存在「人人可用的神兵利器」這麼玄幻的事。讓兵器不只成為武者身體的延伸，更讓武者的潛力快速透過對兵器的探索，大大釋放出來。

讓武者更強，強到不得不承認自己的強與兵器絕對相關的地步。

而這把由於跟不上主人的實力，最後終於被廢棄了的九節棍，現在來到了陳木生的手裡，光是領略如何不讓九節棍掃到自己的技巧，陳木生就費了極大心思，跟哭他媽的烏青臉腫。

九節棍據說有至少三百零四種攻防上的基礎變化，每一個環節衍發出的古怪招式，最好是連使用者都感到別出心裁，才更能讓敵人意料不到，瞬間遭到慘扁……這可苦了腦筋特大條的陳木生。

這些苦惱，大大改變了陳木生看待「兵器」的想法。他想起了「不知道哪一天」累壞時，與J老頭的對話。

「我說臭小子啊，聽清楚了，兵器，乃是與武者相偎相依的存在。」

「怎麼年紀越大越煩人，老是喜歡說教，都說不膩麼？」

「習武者，乃是透過不斷的刻苦鍛鍊，將身體的特定部分強化成兵器，使得拳頭像砂鍋一樣大，揍起人來虎虎生風。把手臂鍛鍊成鋼鐵，在絞斷敵人頸子時特別帶勁，喀！喀！喀！把足踝精進如刀，一踢便可斬斷敵人穴脈，厲害者甚可斬鐵。把頭顱當鏈錘，把手指當鑽子，把牙齒當鑿子，把胸口當盾甲……我說，天下百家武術，莫不如是。」

「這樣也可以說？」陳木生冷笑，看著自己的鐵砂掌。

按照J老頭所言，自己的雙掌是什麼兵器？

「既然武術追求的極境，就是將身體的某一部分化作兵器，那麼不使用兵器又是在堅持什麼呢？將兵器當作武術的核心，才是武術的正道。」

「拿著哼哼哈兮的雙節棍通過機場的金屬感應器時，你試試看會不會嗶嗶叫。」陳木生總是有得反駁，鼻孔噴氣說：「雙手雙腳，才是真正居家旅行、隨身攜帶、絕對不會嗶嗶叫的劫機工具。」

J老頭有些惱火，隨身攜帶兵器對他來說已經是不須證明的常識。

近五十年來，前來打鐵場請求製作兵器的人比以前少了太多。不能走出結界的J老頭，僅僅透過與前來武者的交談中去了解外面的世界變成什麼樣子，對於自己手工製作的精良兵器被歸類為「冷兵器」，而有另一種叫做「科技」的咒法，所製造出來的兵器叫「熱兵器」，感到非常不可思議。

尤其是，現在很多新進的武者都開始使用熱兵器，而拋棄冷兵器不用，這個趨勢，J老頭有萬分的不服氣。若不是有許多長命百歲兼又好鬥嗜武的吸血鬼，J老頭的生意恐怕會差到他無法置信。

「隨身攜帶，卻不能萬古流芳。」J老頭怏怏地說：「人以身作器，但人死了，拳頭也爛了。不過，我打的兵器卻會留下來。」

「你的結論該不會還是，武者已逝，兵器長存，你的十大名言之首吧！」

「臭小子，這句話還真不適合從你口中說出來。話說啊臭小子，這陣子你狂使的兵器多了，我也懶得告訴你兵器的使用方法，全賴你自己從實戰裡摸索。怎麼？感受到了你手中兵器的靈魂吧？」

「你是指破兵器長時間沒人可殺，後來被我一用，整個興奮起來的快感嗎？」

「可以這麼說。」

「哼。」

「不說，那便是承認了？」

「兵器就是兵器，若沒有我使，不過是有形狀的、硬一點的金屬塊啊！」

「臭小子，什麼叫有形狀、硬一點的金屬塊！這世界上可有一種武功，可以殺死百步之外的虎豹嗎？哈哈，我造的暗器裡至少就有三十幾種可以輕易辦到，就算沒有像樣的內力還是輕而易舉呢。」J老頭吹鬍子瞪眼睛。

「他媽的，那麼史上最厲害的兵器發明家，不就是孵出核子彈的愛因斯坦嗎！哪輪得到你這個臭老頭啊！」陳木生大聲笑道。

這話說到J老頭最忌諱的痛處，於是對話快快地結束。

再有智慧的人，也不見得時時刻刻都能保持好修養。

□

雖然嘴硬，但陳木生卻不得不承認，自己對兵器的看法，透過綿綿密密的朝夕相處，歷經狂風暴雨的生死與共，乃至一點一滴地改變。

那種改變，存在於陳木生粗拙的招式裡，滲透進他的「境界」。

九節棍是陳木生在「打鐵場」裡，使用的第四十六個，遭到遺棄的兵器。

破損不堪的兵器逐一在陳木生的手中，走到了生命的盡頭。每當兵器敗亡破碎時，陳木生彷彿聽見了它們的嘆息，與了無遺憾的金屬長鳴。

那些「來世英雄再見」的情感，深深打動了陳木生。

「搞了半天，我是這些刀槍劍棍最後的送終人。」

陳木生喃喃自語，手中的九節棍又是一晃。

仔細聆聽九節棍與石階的撞擊聲，第八節特別沉重的部分發出虛弱的聲音。九節棍可見的末日，想必就是從第八節的崩裂開始的吧。

「我在打鐵場裡待了多久？一個月？兩個月？還是整整一年？十年？靠，我怎麼想破頭也想不起來。」陳木生苦惱，咬著九節棍的尾巴。

十日夜，十日晝，這是「道」的時間。

道可道，非常道。陳木生這笨蛋已完全失去對時間的感覺，活在虛無飄渺的，不確定的，不踏實的空洞長河裡。唯一能夠提醒陳木生切實的「存在感」，莫過於身上再清楚不過的傷。

「他媽的，不想了！想再多也不會變強，不會變強的事想通了也沒有用。」陳木生站起，拖著殘破不堪的九節棍走上階梯，來到精緻的打鐵庭院。

第210話

青黑色的石井旁，偌大的凹槽裡藍光波動。

烏霆殲躺在冶煉兵器的藍水裡頭，似乎不需要呼吸，也不需要思想。

他的模樣就像安眠的嬰兒。

這些日子在J老頭的神祕療法下，烏霆殲就是一鼓作氣地睡。至於J老頭怎麼個治療法，陳木生既瞧不明白也不知怎麼多問，但看驕傲的J老頭每每弄得滿身大汗，陳木生倒也不覺得J老頭在偷懶，畢竟烏霆殲臉色越來越平和，凶煞之氣不若剛剛揹來暴戾，陳木生就大爲放心了。

「喂，我說沒有名字的朋友啊，你到底還要睡多久？你這天昏地暗的一睡，可把我給害慘了，最好你有讓我救命的本事啊。」陳木生將九節棍丟在一旁，伸手進藍水裡捏捏烏霆殲的臉龐。

昏睡的烏霆殲沒有反應，不然可有一場架好打。

按照J老頭的命令，爲了使傷口快速癒合，陳木生拿起了石井旁邊的鐵桶扔進了井，從裡頭打了一桶滿滿的珍貴藍水起來，咬著牙，高舉過頭。

「他媽的！」陳木生雙眼睜大，鼓氣一憋，淅哩嘩啦地從頭淋到腳。

藍水碰觸到陳木生身上被咒獸攻擊的焦黑傷痕，立刻冒出難聞的烤金屬臭味，聲音就像可樂汽水澆在火紅木炭上的霹吱霹吱響，入耳驚懼。

這種無法具體形容的燒痛鑽過皮膚，狠狠澆灌進陳木生的骨子裡，彷彿直接蒸騰陳木生血淋淋的神經。

多痛？就連陳木生橫練鐵布衫的身軀也抵受不了，痛到眼淚都迸了出來。

而且還每次都哭。

「很痛吧？瞧你這麼大的男人都還哭哭啼啼的。」J老頭坐在櫻花樹上賞雲，手裡折著一張又一張的紙獸。

「痛你娘，我這是開心過頭的眼淚。」陳木生抽抽咽咽，死白的嘴唇痛到都快咬出血：「我從小就是這樣，一想到開心的事情就會忍不住感傷一下。」

陳木生嘴巴上總是不肯服輸的。J老頭莞爾，殊不知這個道行奇高的兵匠師傅，在心底可是很佩服勇敢在傷口澆灌藍水的蠢直硬漢，有多少武功比陳木生還要高的高手與高高手，說什麼也捱不過這藍水淋在身上一次，有的甚至痛到一頭撞破地板。

「臭小子別悶不吭聲的，想哭就放聲哭啊！別像上次那樣硬悶著，直挺挺站著就暈了。」J老頭悠閒地看著雲，蹺著腳，隨手射出剛剛折好的紙獸。

紙折的方寸之獸尚未落地，就幻化成巨大的怪獸，或飛或奔。

「暈你娘，那是我剛剛好想睡覺啦！」陳木生虎目噴淚，牙齒打顫。

藍水一澆，焦黑的傷口倒是迅速癒合，留下淡淡的藍影。

陳木生狠狠擦乾眼淚與鼻涕，紙僕徐徐從櫻樹兩旁走出，捧著香氣四溢的飯糰遞上，陳木生老實不客氣抓起來狼吞虎嚥。

「對了臭老頭，不是偶爾都會有人跑來這裡，請你幫忙打造兵器嗎？怎麼最近都沒看見這樣的人啊？是不是被人搶生意了？」陳木生靠著石井坐下，吃得滿嘴都是飯粒。

J老頭還沒有回答，一道無中生有的異風吹進了打鐵場。

打鐵場裡頭的景致，櫻樹，柳杉，石階，庭宇，白雲，忽然像沾水太飽的彩筆潑畫出的那樣，景色瞬間暈散開，好像不屬於這個世界的虛構想像。

陳木生看著手中糊成一團的飯糰，揉揉眼睛，飯糰復又奇異地回到「正常」。

你還是來了……」老頭額上的皺紋壓得更低了。

結界內暈開的景致重新歸整。

不知道剛剛看到的是幻覺，還是現在眼見的才是幻覺。

隨著那道古怪的風，踩踏在石階上的腳步聲不疾不徐地接近。

一個穿著黑色燕尾服的男人，從容自在地穿過柳杉林環抱的階梯，棲伏在階梯旁樹林裡的咒獸卻沒有動靜，不知道是不敢攻擊男人，還是根本沒有察覺男人的存在。

因爲，這個男人根本沒有眞正的存在感。

除了那身突兀的黑色燕尾服，那男人擁有一張非常平庸的面孔。

……即使你看過一百遍、一千遍，你也無法記憶的五官排列。

他的腳步，也沒有透露出他擁有任何形式的內力。

他開口了，你卻無法斷定他到底有沒有確實地言語。

「J，好久不見了。」

城市管理人。

第211話

城市管理人，一個與東京靈魂不可分割的燕尾服怪客。

他是仲裁者，他是法官，他是仲介人情交易的盤商。

任何抗拒他提出的交易的人，很難在這個城市裡有好的下場。

因爲東京容不下，與東京橫眼對抗的無知者。

「好奇特的人啊，終於看見穿衣品味比我差勁的驢蛋了。」陳木生瞇起眼睛，想要仔細看看這個結界闖入者的臉孔，卻出奇地無法集中注意力。

J老頭翻身下樹，動作就像一個小孩子下床般慵懶，輕輕飄飄地落地。

城市管理人摘下帽子，彬彬有禮地點頭致意。

J老頭雙手放在膝蓋上，身子前躬。

「我們相識總有好幾百年了吧。」J老頭禮畢，微笑看著城市管理人。

「所以，你也很清楚我走進結界的理由。」城市管理人看著青井邊的藍水槽。

來者不善，陳木生下意識地繃緊神經。

「你是爲了躺在藍水裡熟睡的怪物來的吧。」J老頭。

「正是此行目的。」

「這麼說起來，那頭怪物還眞是了不起，竟然可以讓城市管理人大駕光臨，來與我這糟老頭喝茶。」J老頭冉步而行，舉手邀飲。

但城市管理人並沒有挪動腳步，像座石雕像矗立在庭院中。

「把那個窮凶惡極的怪物挪出你的結界，這是這座城市的請託。」城市管理人認眞且嚴肅地說：「你當知道，我所作的一切，全部都是爲了這座城市的和平與寧靜。」

陳木生一愣一愣聽著，完全摸不著頭緒。但愚鴑如他，也猜到了這個不善訪客的來歷有異，才能讓J老頭的臉上浮現出罕見的恭謹。

「這個怪物做了什麼事，需要你這麼關照？」J老頭。

「他是不祥之人，他來到東京後引來了越來越多的怪物，怪物帶來越來越多的騷動，這個城市裡有越來越多，充滿恐懼的生靈。J，難道你在結界裡面沒聽見，這座城市隨時都在不安騷動嗎？」城市管理人說話的時候，嘴巴附近的空氣隱隱震動著，似乎每個字都有確實的形狀似的。

那是咒，隨時都在鏗鏘發鳴的咒。

「東京的怪物原本就不嫌多，這傢伙的所作所為，難道比得上我們這些長居久安的血族殺的人多？你單單挑上這傢伙，可見他想要幹一番驚天動地的大事啊，嘖嘖……到底是什麼大事啊……到底是什麼大事啊……」J老頭摸著捲曲的白色鬍鬚，藏不住的喜悅。

打造兵器的人……不，應該說J老頭，最不想見到的就是兵器蒙塵。以此類推，持有兵器的武者有越多敵人，兵器派上用場的機會就會越多，貪愛沽名釣譽的J老頭就越有參與感。

「把他交出去，自然會有其他的力量終結他的存在。」城市管理人。

「是什麼人在結界外頭等著他呢？」J老頭明知故問。

「他以前的族人夥伴，新樹的血族敵人。只要他一死，就可以讓這座城市蒙上的恐怖陰影一吹而過。」城市管理人話中的意思再明顯不過，他的堅定亦不容置疑。

「把守結界的小彌勒告訴我，牙丸傷心跟阿不思曾經在小神舍前，提出進入打鐵場搜查的要求。後來居然連獵命師也來了?他們巴巴地想進來，還用了許多反結界咒呢，眞是一群沒有禮貌的傢伙。」J老頭幽幽說道：「他們會把腦筋動到我的頭上來，恐怕也是出自你的建議吧。」

「如果一個人的死可解決一百個問題，他的生，便是充滿疑竇的否定。」城市管理人沒有承認，也沒有否認。

儘管吸血鬼勢力擁有城市電眼、網路搜客與媒體魔掌三大監視部門，城市管理人仍是這座城市擁有最豐沛資訊的人，這也是他用來交易和平的籌碼，與絕對的優勢。

然而此間的主人，J老頭，眼睛卻閃爍著狡獪的神采。

「這麼說起來，意思是我很快就可以知道這次的新武器，到底有多可怕了嗎？」J老頭搓著手，指尖上流繞著愉快的咒。

城市管理人輕輕嘆了氣：「你與我訂定的契約，只剩下幾百年了。」

「我無意觸怒你，但就算是這座城市的靈魂，對自己曾經立下的誓約也不能夠反悔吧。」J老頭幽幽說道：「在這小小天地裡我想怎麼實現我與兵器間的夢想，任何人都不能干涉我。你也不能提前終止我們的契約。」

「但你停止了其他人進入打鐵場的結界。」

「這也是我的自由。」J老頭瞪了陳木生一眼，說：「如果讓太多奇奇怪怪的刺客進來，我養的兵器人又太差勁，我豈不要忙得不可開交？」

陳木生耳根發燙，真想出言反駁。不過此時他也知道了答案。

J老頭可以自由封印結界，讓欲前來請求打造兵器的人都進不來，省下旁枝末節的干擾。說起來，自己完全中了J老頭的計了，在這個荒謬的地方跟奇怪的咒獸互鬥了這麼久，還用上了自己最厭惡的兵器。

……不過也罷，就當作是支付給這吸血鬼老頭，幫那個敢於單槍匹馬對抗吸血鬼的男人，療傷回神的「精神費用」吧。

「兵器人？」城市管理人看著陳木生。

明明就不是凌厲的眼神，但當城市管理人看著自己時，陳木生感覺全身慢慢浸泡在溫暖的海水裡，腳底一陣沒有支撐的虛浮，卻又被無限大的波動給擎托住，不讓靈魂失重下墜。

起初有點茫茫然，但到了後來陳木生心中湧起的空虛溢滿全身，好像每一吋的心思想法、穴道構造都被看穿似的。沒有心悸也沒有發冷，卻教他無所適從。

「你是在……看三小啦？」陳木生很不自在。

城市管理人這才將他的視線移開。

「沒錯，兵器人，一個半生不熟的武學兵器想法，目前來說就是這小子。」J老頭的手指摳挖著額上的老人斑，笑嘻嘻道：「如果沒有提前報廢的話，等到這傢伙昂首闊步走出打鐵場時，還得請你多多關照了，他一定會幫這座城市製造很多有趣的事。」

「一點，也不有趣。」

城市管理人轉身，慢慢拾階而下。

交易失敗了。

每踏一步，城市管理人腳下的石階都模糊成一片。

每踏一步，城市管理人就在石階上留下一道殘影。

片刻，城市管理人留下了數百道猶如海市蜃樓般的殘像長廊，本尊不見蹤影。

「看來我這契約，是沒辦法一直簽下去囉。」J老頭莞爾。

……真希望，這個兵器人真正值得這一場吵啊。

□

但Ｊ老頭輕忽了一件事實。

從來沒有人膽敢拒絕城市管理人的交易。

因爲後果沒有人承受得起。

天降甘霖

命格：集體格

存活：一百年

徵兆：宿主的外號毫無疑問是「雨男」，只要班遊被你跟到，必是以掃興的雨天收場。建議宿主多到乾旱的地方走走，積積陰德。

特質：能夠影響天氣的命格，也是大自然底下的一種平衡機制。此命格通常寄生在男性身上，原因待考。宿主所居住的城市經常下雨，如果有特定目的出門，雨傘更是必備的隨手用品。如果有兩個相同命格的雨男在鄰近活動，雨勢便加倍。有此一說，西雅圖是個雨男群居的城市。

進化：傾盆，一百天的雨。

第212話

好美的楓樹林。

鮮紅的汁液像是從葉梗裡頭飽滿生出來似的，涎垂垂地掛在葉尖上。

滿樹，滿林的葉尖。

蕭瑟的秋風一吹，落了滿地的腥腥紅點。

一個眼神靈活出水的小男孩，漫步在詩意盎然的滿地紅點上，看著他一手製造出來的屍體，嘴裡哼著不著邊際的曲子。小男孩手裡抓著一隻發抖的黃貓，搖搖晃晃走向最後的言語之地。

屍體如山。

如碎山。

張牙舞爪的血色楓樹上，飄懸著肉眼無法辨識的死亡絲線，絲線上猶黏著破碎的骨沫與肉汁，那是死者最後的遺像。亂七八糟。

唯一還能開口說話的，便是小男孩的親生姊姊。

風家的長女，風淡。

「你……你從什麼時候就……就開始計畫……這件事……」風淡歪歪斜斜地站在楓樹底下，身上全被若有似無的鋼琴線給纏住。

琴線交織，根本無法解開。

無法解開的困境，只有用硬氣功強行迸開鋼琴線，然而風淡的氣穴卻早已被她的親弟弟一指搗破，氣海一洩千里，一時半刻內要聚斂一點點內力，都是千難萬難。

十幾道鋼琴線綁在樹梢，吊著，吊著。

風淡只要身子猛一個下墜，就會被糾纏不清的鋼琴線給割成數十塊難以辨認部位的碎骨破肉，於是她只好辛苦地撐著身體，不敢失神。

「好姊姊，現在說這些又有什麼用呢？還不如趁妳意識清醒，將妳靈貓的封印給解開，好讓我物盡其用。」小男孩笑得很天真，手上拎著一隻害怕到發抖的小黃貓。

「你……你難道想……違背獵……獵命師……的戰鬥原則？」風淡忿忿不平。

「弟弟我都願意提前發難，暗地裡偷偷殺光四個姊姊了，何況是捏死區區一隻小黃貓。我說獵命師也蠢，什麼在戰鬥中不傷害彼此的貓，哀哉，這完全是弱者才需要的同情心。」小男孩笑笑。染血的眉毛，紅得快要燒起來。

「你……如果你……」風淡怒目而視。

「算了，只是跟妳說說笑罷了。」小男孩優雅地搖頭：「如果妳眞的相信我會跟妳交換條件，還眞會讓妳死不闔眼。」手一捏，小黃貓的脊骨登時碎了兩截，摔在地上。

小黃貓只剩下慘叫的氣力，沒有死，卻註定終生癱瘓了。

風淡悲痛交集，瘋狂地嚎叫。

幾年來與自己朝夕相處的靈貓，就這樣癱成了廢物。不多久，在這座山林之間自會有各式各樣的掠食者，將牠活生生撕吞下肚。

「我把靈貓解開！你快用裡頭的妙手回春救回她！救回她！」風淡以僅餘的力氣吼道，眼裡的血絲有如蛇遊。

於是，小男孩將痛暈了的小黃貓遞給了風淡，風淡忍住深割進肉的痛苦，伸手將小黃貓身上的咒印給解開，讓封鎖住的命格得以被其他獵命師所取用。

風淡看著小男孩將黃色靈貓身上的命格一一取出，一轉手，毫無窒礙地轉儲在自己

的紅色靈貓上，動作圓轉自如，猶如輕敲琴鍵的音樂之神莫札特。

——眞是個天才。

風家的歷代傳人裡，每隔百年就會出現一個了不起的天才，其掌握咒術、絲術、獵命術的才能，甚至超過大長老一向偏袒的烏家傳人。

這個將命格輕鬆把玩於指縫間的天才弟弟，毋寧就是這個百年一人的怪物。

才能上是怪物。

人性上，也是怪物。

「爲什麼……要這麼做？」風淡努力回想那個天眞無邪，總是無憂無慮的弟弟。

「命運。」小男孩簡潔有力地回答，擦去眉毛上的火紅鮮血。

是的，沒有人比獵命師更清楚命運，更相信命運。

也更，服從命運。

風家的命運，原本就註定非常慘烈。

風家兩夫婦一口氣生了四胞胎女兒，卻又在隔年意外生下了唯一的男丁。註定在多年以後，讓這些骨肉手足面臨相互殘虐，殺四剩一的死局。

然而，根本沒有十八歲生日的慘烈格鬥。

在小男孩還是個巴掌大嬰兒的時候，懵懵懂懂，就在娘胎裡偷聽到了獵命師的詛咒祕密，從此便在城府裡種下了祕密的種子，澆上了恐懼的湯汁。

隨著年齡的增長，祕密終於盤根錯節，緊緊扭曲了小男孩對人性的期待。

於是，小男孩將自己的本事藏得很深，深到沒有人發覺他到底有多想……

殺人！

在這個毫無特殊的日子裡，這個小男孩趁著父親風長鎖出遠門爭取加入長老護法團，一鼓作氣，對四個心有靈犀的姊姊發動慘烈的奇襲，將毫不知情的四個姊姊困在自己精心佈置的絲線陣裡，以近乎遊戲的方式一一殺死。

每個姊姊臨死前，都被他盡情嘲笑了一番。

「姊姊所有的命格，都交給我保管了。」小男孩說，手指一緊，再度捏碎了黃色靈貓的脊骨，說：「我還是覺得，遵守諾言是弱者變態的保守心態。」

黃色靈貓重重摔落，風淡痛苦大叫。

小男孩伸手按住風淡哭叫的腦袋，用力一壓。

稀哩嘩啦。噗嗤噗嗤。

淋了小男孩一身腥。

□

獵命師有許許多多的傳奇。

屬於小男孩的傳奇，是恐怖絕倫的祕密。

沒有祝賀者的恐嚇，沒有父執輩的痛苦選擇。

只有單方面的，對親情殘酷的壓榨。

小男孩的名字叫風宇。

獵命師百年難得一見的天才。

他期許自己，用最可怕的優雅執念，橫掃生平每一個遇到的強敵！

眠眠無期

命格：天命格

存活：無

徵兆：宿主的睡眠時間越來越長，從甜睡一整天到昏睡一禮拜，最後終於以季節的長度計算，睡得天昏地暗。傳說中的龜息大法。

特質：在獵命師中有此一說，「眠眠無期」是一種懶惰成仙的命格；但也有獵命師認為，「眠眠無期」能夠將宿主的能量完美地包覆住，等待某種不可知的機緣，令宿主的生命形態有可能在蛹化的過程中產生突變，甚至是一舉成仙（最好的證據就是，宿主經常在長眠期中有返老還童的跡兆，如白髮轉黑，皮膚變細等）。

進化：無。

第213話

池袋，位於Sunshine City的Animate漫畫閣。

屬於獵命師天才，風宇的戰鬥！

不知數量的銀色鋼琴線，既華麗又凌厲地劃開長廊上的空氣，直撲東瀛武聖宮本武藏而來。

「……」只見宮本武藏雙腳如釘，右手長刀由下而上斜揮。

這樸拙無華的一招沒有名字，毫無需要。

沉悶的刀勢彷彿撕裂了三度空間，銳利的鋼琴線瞬間斷裂，散射在空中。

宮本武藏並不訝異，他在忍者的手底下見過太多奇奇怪怪的暗器，即使是匪夷所思的妖異忍術也斬殺不赦。區區鋼琴線，還不一刀兩斷。

對於這位武聖前輩，風宇當然沒有任何低估，試探性的一擊不中，在風宇藉著長廊牆壁的快速跳躍下，第二波攻擊立即翻騰而出。

「武藏前輩，據說你以前是吸血鬼獵人？」風宇笑笑，長衣舞動，雙手激射出兩團銀色閃光。

宮本武藏雙瞳凝縮，子彈般飛速的銀色閃光，原來是彈珠般大小的圓形球體。圓形球體似乎灌注了風宇的內力，不是平常暗器。

「……」宮本武藏依舊是右手長刀斜斜削出，打算將兩枚圓球一刀砍爆。

但長刀鋒口一觸圓球，宮本武藏便察覺一股異樣的質素從刀身傳遞到腕口，在百分之一秒的侵略性時間裡，圓球便爆裂開來，幻射出數百條銀色細光。

銀色刀絲來勢凌厲，無差別地朝四面八方攻擊。

「好傢伙。」

宮本武藏左手短刀往前一捲，強大的刀氣猶如渦輪氣旋，立即攪開了逼近身軀的刀絲，但仍有幾許刀絲從邊緣穿破宮本武藏略嫌生疏的刀氣，削過他鋼鐵般的皮膚，擦出幾絲血水。

長廊走道的玻璃牆瞬間出現無數龜裂，搖搖欲崩。

而風宇呢？熱愛接觸危險的他已趁隙鑽過宮本武藏的刀，輕飄飄來到宮本武藏的背後。一吹的驕傲呼吸。

風宇微笑，腳未落下，便以指做劍，欲往宮本武藏門戶大開的背脊刺落。

不對！風宇的指尖凜凜一寒，掌心「千眼萬雨」命格發燙。

宮本武藏沒有回頭，右手長刀穿過左臂脅下，朝風宇的胸口凶猛迴刺。

速度之快，不是背後長眼所能形容。

「迴龍釘！」

風宇急往左避，只見宮本武藏的長刀刀尖貫進龜裂的玻璃牆，勁力一催，整面玻璃牆應聲轟碎。

好驚險！風宇在半空中忍不住輕呼，心臟興奮地劇烈跳動。

「當今之世，誰是最強！」宮本武藏大喝，雙刀進逼風宇。

宮本武藏的刀並非以迅速絕倫的「居合」著稱，卻有一股拔刀術的速度所無法企及的狂霸意志。踞虎之勢，泰山壓頂。

刀未近，殺意已壓迫風宇臉面。

「強者有三。」風宇故意應答，雙手快速交叉，鋼琴線在指尖緊繃。

「誰！」宮本武藏短刀橫胸，長刀悍然劈出。

刀氣衝出，地板擦出兩條崩線。

風宇冷靜躍起，手指緊扣鋼環指套，鋼琴線擲甩出。

卻見風宇的鋼琴線以凌厲的去勢殺擊宮本武藏，但一進宮本武藏強勁的刀勢範圍，琴線奇妙地軟化，猶如冉冉吹拂的蠶絲線。

鋼琴線質地柔軟地避開宮本武藏的刀，一進宮本武藏的身，卻又倏然發硬，猶如迴風剛針，從四面八方狠狠抓圍宮本武藏。

「喔？」

宮本武藏也不後退，左手短刀以肉眼無法捕捉的速度連斬十四刀，將風宇詭異的攻勢強硬化解，鋼絲散落。

真了不起，眼前這個年輕人竟然能用內力灌注在這麼細的絲線裡，還能將武器操控得這麼靈活……當作「二天一流」再度回到這世界的開鋒禮，真是再好不過！

「有此一說，第一強者乃是獵命師前輩，雷神鼎老。」風宇雙腳踏在垂直柱上，一口氣擲出四個質地有異的銀球：「我自知難以匹敵，不敢邀戰。」

兩個銀球很快就爆開，鋼琴線銀光四竄，兩個銀球則溜滴滴輕擊在宮本武藏的背後兩柱，這才張牙舞爪地炸裂開來。

無論是誰，都不可能在這種撲天蓋地的攻擊中全身而退。

而風宇則在眼花撩亂的無差別攻擊中，奇異地、勇敢地衝近宮本武藏的身軀，雙手帶出閃閃發亮的鋼琴線。

「第二個呢！」宮本武藏大喝，身形微蹲而踞，全身鬥氣暴漲。

無數近身鋼線不知是幻覺、還是眞的受到宮本武藏霸氣的影響，竟有來勢微微一挫的感覺。

只有風宇面不改色地擊向宮本武藏。因爲風宇知道，這很可能是他唯一一次，能夠以全身之姿與宮本武藏對決的關鍵時刻。鋼琴線灌注著強大的氣，與意念。

「好啊……龍亂舞！」宮本武藏瞳孔凝縮，雙腕發熱。

第214話

兩人身影交錯，雙刀光影翻騰。

半空中飄浮著的，盡是無數被斬斷的鋼琴線。

旋轉著，滾燙的血珠。

兩人背對著背。

「……」宮本武藏身上的衣服被鋼琴線氣撕開，皮膚綻出無數血痕。

綁在頭上的黑巾也被切成八片，風箏般被吹開。腰上的ipod四分五裂。

風宇的肩上裂出一條血線，半個胛骨竟在剛剛被削斷。

「第二個強者，據稱是有死神之名的吸血鬼，上官無筵。」風宇閉上眼睛，忍著肩上的劇痛，調整氣息緩緩說道：「可惜上官神出鬼沒，至今無緣一戰。」回想著剛剛與宮本武藏交手的那一著。

即使長眠百年，依舊不愧是武聖，強的本質並無隨著世代更替有所變化。

宮本武藏長刀流轉，短刀凌厲，不僅將四面八方圍擊的鋼琴線狂斬，還破了自己冒險逼近的眞正一擊。

更給了自己，好驚險的一刀。

吁，就算整條肩膀斷了也不算什麼，只要活著離開這裡，「妙手回春」命格自然會將我治好。現在最重要的，莫過於趁著宮本武藏還沒恢復百分之百的實力，藉著這次的戰鬥，將我的潛力淋漓盡致地帶往另一個境界……

風宇心想。

怪。明明就要砍中，整條臂膀即將斬離他的身體，怎麼會在一瞬間偏了寸許？怪異的觸感，以前從來沒有過這種經驗，難道，這就是獵命師的能力嗎？

宮本武藏看著手腕，回憶剛剛那一刀留在身體裡的餘勁。

「我的對決結束了。我贏不了你。」

風宇微笑，睜開眼睛，手指在肩胛上迅速塗寫上「凝血咒」，暫時封住傷口。

「趁著你還能開口說話，將第三個名字報出來吧。」宮本武藏說，看著從遠處走近圍觀的人群。

兩人交戰不到一分鐘，製造出的激烈聲響已驚動Animate漫畫城，幾個店家工讀生與高中生都跑過來瞧瞧是怎麼一回事，殊不知他們的好奇心將帶給自己多大的危險。

眾人竊竊私語，對眼前滿地的碎玻璃與兩個身受奇傷的怪人，發表無法置信的評論。械鬥？更像是廠商的商業表演？

「剛剛的兩位強者，我都僅僅是聽說而已。在我實際交過手的人裡，最強者，莫過於獵命師的叛徒，烏霆殲。」風宇微笑，忘卻剛剛性命交關的危險，將意志力集中在幾秒後即將開始的「修煉」。

「就是無道給的資料裡，那個在東京裡橫衝直撞的怪物麼？」

「前輩見笑了。」

「但他讓你逃了。」

「我很會逃。」

「如此說來，只要我殺死你，烏霆殲這個名字我就可以丟在一邊了。」

「這麼結論，有點輕率喔。」

兩人依舊背對著背。

群眾裡較爲敏感的人開始察覺氣氛改變，有人不自覺地腳軟，呼吸困難。

「好像有點不對勁？那兩個人身上的傷好像是眞的耶。」

「空調是不是變冷了，我的皮膚都起雞皮疙瘩了。」

「要不要報警啊，我看這兩人的傷未免也太過分了……」

「我好想吐，讓開點我想走了……」

風宇笑笑，手掌上的「千眼萬雨」能量滾燙。準備好了。

宮本武藏右手腕輕懸，猛地轉身，出刀！

第215話

「龍捲風！」

宮本武藏長刀旋轉刺出，竟不若世上已知的「武士刀刀法」，長刀刮起急速噴旋的怪風，所過之徑石崩裂陷！

風宇閃身避開，任那旋轉怪風直襲身後的群眾。群眾來不及反應，幾個首當其衝的路人登時被旋轉刀氣轟殺，形骸裂碎。

死亡喚起了群眾的恐懼本能，驚叫聲四起，腳還能動的，連滾帶爬地逃開了。

「疾龍咬！」宮本武藏長刀隱隱封住風宇的去路，短刀快斬。

風宇以奇異的體態躲過致命的刀斬角度，但宮本武藏的刀法豈是尋常，刀氣掠過風宇的胸膛，兩條肋骨便乾淨俐落地斷了。

若不是風宇的氣紮實護住了身體，刀氣再往裡一吋，風宇的肺葉就會爆開。

捨去遠距離擊殺的大招式，宮本武藏雙刀綿密連斬，刀刀紮實，就算是在遙遠的日本戰國時代，這種實而不華的刀法可是足以殺敗一支小軍隊的「狂暴武術」。

「好刀法！在墮落爲吸血鬼之前，身爲獵人的前輩想必靠著雙刀，也斬殺了不少赫赫有名的吸血鬼吧！」風宇冷靜閃躲，長衣破散。

「哼。」宮本武藏低吼，雙刀如虎。

風宇一邊伺機擲出所剩不多的鋼琴線球牽制宮本武藏的身形，一邊想辦法逃離宮本武藏最可怕的近身距離戰。

血，一直從風宇身上的斷骨中噴濺出。

這是風宇近日來，一直違反習癖的戰鬥作風。

以往，有百年來罕見天才獵命師之稱的風宇，對上強敵無一不勝，優雅的笑容背後，實則是無數殘酷的深厚堆積。如果知道風宇是如何殺死自己的手足成爲獵命師的，除了驚嘆他的戰鬥天才，更要戰慄他的深沉城府。

現在的風宇，已經對「必勝的戰鬥」毫無興趣，因爲必勝的戰鬥缺乏與危險的第一接觸，久了，就會失去對死亡的敏感，變弱，永遠失去面對死亡的能力與膽氣。

最後，看見敵人的腳踩在自己斷裂的頭顱上。

於是，風宇開始積極碰觸「足以殺死自己」的頂級殺手。

對上凶氣沸騰的烏霆殲，風宇自知無法取勝，所以一開始就抱持著「測試自己實力」的心態與之周旋。對上擅長超高速打擊的十一豺優香，風宇的速度只能勉強跟上，於是也無意將之打倒，把心思放在享受危險的分上。

而這次對上無敵半生的宮本武藏，之於風宇來說，交戰目的依舊不是取勝，而是將命格「千眼萬雨」鍛鍊到極致！

但這種想法可不便宜，宮本武藏之能以「刀」一蹴東瀛武聖，便不可能有人在其刀下優游自如。刀刀都潛藏昂貴的代價。

風宇在漫畫城中到處逃竄，宮本武藏便緊追著砍殺。

柱子被斜斜劃過一刀，便攔腰崩裂。鋼琴線往回牽制，亦是石屑紛飛。

在兩人的一逃一追中，暴漲的刀氣不長眼，無辜的路人錯愕地爆血斃命，地上盡是染血的書包與手機。大樓警鈴聲大作，警衛持槍想嚇阻，卻也遭到波及，身裂橫死。

第一十二刀，風宇的右臂遭到刀刃貫穿。

第二十六刀，風宇的左耳爆破，碎片飛舞。

第三十一刀……第三十四刀……第四十四刀……第五十二刀……

幾十刀後，宮本武藏的二天一流雙刀法，已漸漸找回封印進樂眠七棺前的手感。而風宇竭力在「千眼萬雨」命格的影響下保持清醒，並藉著「千眼萬雨」的效力躲過宮本武藏刀擊的致命角度。

饒是如此，風宇依舊傷痕累累。

但風宇身上每一處傷口，都是有意義的。

每中一刀，都是爲了尋找他心中理想的「逃生時機」。

更重要的是，風宇身上的刀傷越來越淺，臉上的笑容越來越從容。

此刻，在宮本武藏的心中極是納悶。

——爲什麼偏偏會砍他不死？雖然自己並非精心刻劃刀法的那類刀客，但每一刀都是千錘百鍊的殺，沒道理幾十刀過去了，還沒有將對方砍成一團血窟窿！

這是什麼魔術？自己可是連已成爲吸血鬼的「服部半藏」都畏懼的刀客啊！

「前輩莫慌，雖然都殺我不死，但比起前輩的刀法，烏霆殲絕對瞠乎其後呢。」風宇笑笑，不僅僅是掌心，此刻的他全身都在發燙。

一股奇特的、異樣的感覺從掌心衝向全身百脈！

「呸！龍長嘯！」

宮本武藏心高氣傲，怎麼忍受得了風宇的奚落，雙刀猛力一送。

刀氣縱橫，早已脆弱不堪的地板再度裂開，石屑畢畢剝剝裂射飛濺。但體無完膚的風宇卻像海裡的游魚般，以無法置信的體勢，從凶猛的刀氣中堪堪游過，好像無形的空氣也能支撐風宇的身重。

「成！」風宇不禁喜呼，嶄新的能量充裕全身。

沒想到，「千眼萬雨」竟在極端危機的此刻完成了進化，蛻變成某種尚未知曉的形態！「大幸運星」？「雅典納的祝福」？此刻還不能判斷，需要進一步的鍛鍊與了解。

已經沒有繼續纏鬥的理由。

宮本武藏又連揮了震動空氣的七刀，刀刀卻都讓風宇華麗地避開，毫髮無傷。眼見風宇衝進人群擁擠的電玩展示中心，在群眾的人頭上飛足點躍。

連刀撲空的宮本武藏腦門發熱，霸氣蒸騰，憤怒卻無法透過雙刀撕裂微笑的敵人！

一百多年沒一刻像今天一樣暴躁難耐！

「喏！」風宇詭異地摔身，左手甩出鋼琴線，右手趁勢兜起掛在牆上的消防滅火器，奮力朝勢若瘋虎的宮本武藏一丟，料定他根本不曉得那是什麼玩意兒。

果不其然，宮本武藏毫不細想，長刀斬斷來襲的鋼琴線，短刀同時狠狠朝紅色的滅火器一砍。

只聽見一聲漲破耳膜的巨響，同一時間，眼前白濛濛的一片。

……被耍了！

天殺的被耍了！

風宇當然趁著灰粉瀰漫遁走，他的聲音卻從遠處漸次傳遞過來，做了最後的註解。

「再會了，小子今天領教了不少。下回我們在雨中對戰，前輩可得格外小心呢。」風宇的聲音充滿了令人難以忍受的翩翩笑意：「說不定，小子會忍不住取走前輩的性命喔。」

宮本武藏憤怒大吼，猶如一頭狂暴的野獸。

全身覆蓋著白雪般的灰粉，宮本武藏發瘋似地重重一劈，天花板與地板同時爆破崩落，留下雙刀三百年後初次戰鬥，巨大的殘恨。

第216話

這場戰鬥歷時不到三分鐘，卻重創了人來人往的Animate漫畫城。

滿地崩壞的石塊、染血的碎玻璃、黏在大型展示模型上的殘肢斷臂。

無數刻劃在牆上的刀痕。

「城市電眼」系統，很快就察覺到池袋又出現了異狀，立即派遣了一隊特別V組進行劇烈戰鬥後的清場，而宮澤也來到了現場，立即調閱可以得到的監視錄影帶，思索獵命師集團最新的活動方向。

黃色的警戒線橫七豎八封鎖住Animate漫畫城，也隔絕了人類與吸血鬼的氣味。

「長官，這些是不良分子械鬥的關鍵證人，必須按市民合作法程序，將這些證人移往警局協助筆錄。」一個穿著黑色西裝的幹員遞上一分簽單，交給宮澤。

拿著簽單，宮澤轉頭一看。

這些心有餘悸的證人，竟有三百二十多人。大多是剛從補習班下課的中學生，有的是漫畫城裡的店員工讀生，個個目光呆滯，有些人身上掛彩，幾個孩子甚至哭個不停。

特別V組往往透過協助筆錄製作的方式，「祕密處理」掉幾個戰鬥事件的關鍵證人，湮滅吸血鬼政權曝光的任何可能。簽單上這些人名，幸運的話會被專案報告寫成暴徒恐怖攻擊下的犧牲者，被炸藥炸得屍骨無存；不幸的話，就直接變成失蹤人口，人間蒸發，家屬一輩子都不會知道他們的生死。

宮澤忍不住嘆息。這三百二十幾個人，就因爲被迫目睹了一場獵命師與吸血鬼的血腥鬥毆，過不了多久，就會被送到地下皇城當作活人血包，被那一群自以爲文明的野獸吃食。

他沒有立刻簽字。

「這場要命的戰鬥才進行了兩分鐘半，不可能每個人看到的都一樣，也不可能每個人看到的東西都值得他們協、助、筆、錄。」宮澤嚴肅地說：「將這些人分成十組，別讓他們有彼此討論的空間，仔細盤問，至少放走一百個只是單純受到驚嚇的人。」

這是他目前唯一能做的。

「但是地下皇城每個月的固定活食……」下屬有點侷促。

「從最近層出不窮的事件還看不出來嗎？從現在起，這種讓人發瘋的事只會更多、更加劇烈，活食還少得了嗎？」宮澤淡淡說道：「你還得想想有一天你兒子也在關鍵目擊者的隊伍裡，你心裡怎麼感受？」

「是。」下屬同意，心中對這位新主管的感受更複雜了。

「有宮本武藏的動向嗎？」宮澤仔細檢視牆上的刀痕，眼睛貼在縫裡觀察。

刀痕簡潔俐落，雄渾的勁力沒入大理石板後的混凝土，卻沒有在裡頭滲漩開來破壞，而是單純地直切鑽入，閃電般斬斷腕大的鋼筋。

隱隱約約，刀痕裡透出的寒氣令宮澤的眼睛不敢繼續瞪視下去。

……好一個橫霸天下的武聖，卻不知道他在今日武器科技發達的世界裡，是否還能以刀維繫自己的尊嚴。

「宮本武藏好像還沒發現監視器的存在，他的路線一直都在我們的掌握之中。宮本武藏走到鄰近的西口公園，全身浸在噴水池裡，一動也不動……大概是想洗掉身上的灰粉吧。」

我同意。

勝得真是太難看了，武聖。

「沒有繼續走動的跡象嗎？」

「暫時還沒有接到回報。」

宮澤拾起地上斷裂的鋼琴線，手指登時被輕輕劃破，果然鋒利異常，比一般的鋼琴線又細了好幾倍。現實世界中竟有人能夠操縱這種武器，真是匪夷所思。

「與他交戰的獵命師呢？」宮澤將拾起的鋼琴線包在拭鏡軟布裡，收了起來。

「完全沒有下落，離奇地消失了。」

宮澤點點頭，說：「把監視器錄下的畫面拷貝一分給我，另外剪輯一分兩人對談的嘴型資料給語言專家，我三個小時之內就要得到他們所有的交談內容。」

「是。」其中一個下屬立刻拿起手機，將事情交代下去。

宮澤緩步在狼藉的現場，沿著最後的滿地石灰粉，倒推他想像的戰鬥路線慢慢走著，身上沾染殘餘的戰鬥氣息。

突然，像是想起了什麼。

「宮本武藏離去的路線，沿途有公共設施遭到破壞，還是有路人倒楣被砍嗎？」宮澤問，語氣沒有一絲玩笑的味道。

「沒有。」下屬愣住。

「不像小孩子，那就麻煩了。」宮澤沉思片刻，心想：如果自己的直覺沒有錯，宮本武藏這種類型的暴力癡迷犯，骨子裡對暴力的追求慾望一旦沒有獲得滿足，就有內在價值崩解的危機。宮本武藏踏出樂眠七棺後的第一場戰鬥，竟然是以「被敵人逃走」的結果收場，宮本武藏怎能嚥得下這口氣？

以現代的犯罪心理學對阿不思所提供的宮本武藏歷史卷宗做側寫，可輕易發現宮本武藏並非修身養性的武學專家，而是以身試戰的百分之百武鬥狂，他驕傲的尊嚴來自於對「戰鬥的鋼鐵執著」，而非對「武學的哲思領悟」，生平遭逢的對手都是抱持著「非勝即死」的覺悟與宮本武藏對決，所以更加深了宮本武藏昂貴的戰鬥意志。

現在，宮本武藏的對手在戰鬥時一路奔逃，完全沒有日本武士道的精神。最後還眞讓他用上了讓宮本武藏極度錯愕的滅火器，溜之大吉。

除了在戰鬥中的無法收手外，並不會無故殺死平民老百姓的宮本武藏，一旦被憤怒篡奪了神智，也難保不會大暴走，變成難以控制的人間凶獸。

這也就是宮本武藏要全身浸在噴水池裡的原因。才不是洗掉他媽的灰灰粉粉，而是強行讓自己冷靜下來，緩解蒸騰翻滾的殺氣。

但眞正只有一種方式，能勉強將宮本武藏拉回一名武者的界限。

「動用最高建議權，通知牙丸禁衛軍本部宮本武藏的位置，請他們派一隊訓練精良的十五人軍隊，協助將宮本武藏帶往特別V組。」宮澤微笑道：「就強調我們區區人類請不動宮本武藏他老人家，一定得吸、血、鬼、自、己才有那種膽量跟素質，還請他們隨身攜帶刀械，讓宮本武藏產生認同感……有勞了。」

「那麼，行使最高建議權的原因要如何交代呢？」

「就說宮本武藏之前亂上電視節目，毫無自覺在全日本數以千萬的電視觀眾前曝光，現在又公然砍殺了這麼多老百姓，我們需要好好溝通。」

宮澤有些幸災樂禍地看牆壁上的恐怖斬痕。

「是。」

第217話

最高建議權生效。

半小時後，十五名牙丸禁衛軍帶著敬畏又興奮的心情，來到了池袋西口公園。

噴水池旁倒臥著半名手持彈簧小刀的金髮青年，紅了半池的水。宮本武藏塞著耳機，聽著最新款的ipod，音量大到連三公尺外的眾武士也依稀聽到。

「……」宮本武藏睜開眼睛，冷冷掃視圍在池旁的牙丸禁衛軍，他並不理會牙丸禁衛軍嘴巴裡說著什麼東西，也無視他們臉上恭敬又誠摯的表情。

宮本武藏眼神所帶之處，盡是眾武士腰際間的懸刀。

來得正是時候。

「拔刀。」

宮本武藏緩緩站起，身上的池水傾瀉而落，凌亂的劉海飽滿了顫抖的水珠。

眾牙丸武士面面相覷，並不知道該怎麼接話。

「拔刀。」宮本武藏右手拔出長刀，左手垂放，冷冷說道：「第三次，我就直接用刀說話了。」

這是什麼情況？

「武藏大人，我們不是敵人，我們是依照上頭的命令，特地前來……」一名牙丸武士駭然說道，忍不住後退了一步。

刀光一瞬。

該名牙丸武士視線天旋地轉，好像看著自己的身體越來越小，越來越小……

頭顱落地時，宮本武藏已經躍出水池，長刀橫臥在肩。

「請冷靜，武藏大人！你可能是中了敵人的幻術，才會分不清敵我！」一名牙丸武士勉強鎮定下來，說：「請讓我們將你帶到白氏尊者處，將大人身上的幻術解開！」

「幻術個屁。」宮本武藏用手中長刀瞪了武士一眼。

該名武士登時一分爲二，腸腦淅哩嘩啦爆開。

「武藏大人！你不是吸血鬼嗎！」眾武士驚懼不已。

沒有選擇，剩下的十三名武士只好拔出腰際的利刀，拿出戰鬥本色。

吸血鬼……

「有什麼稀奇，當年我可是天下第一號的，吸血鬼獵人！」

宮本武藏舉起刀，身上殘留的池水，瞬間被沸騰的氣勢給蒸散了。

心有靈犀

命格：情緒格

存活：三百五十年

徵兆：宿主對「命運」非常敏感，不一定認同坊間的命理節目與書籍，但是對日常生活裡的「蛛絲馬跡」如何對應到「神的暗示」非常敏感，例如深思昨晚的奇異夢境是否暗示今天的運勢，或是聽見電風扇發出奇怪的聲音就直覺不該出門，走在馬路上若有宣傳紙片飛到腳邊，必拿起來看看上面寫了什麼。雖有疑神疑鬼的傾向，但這的確是命格產生的濃烈「預感」。

特質：此命格非常強大，乍看之下莫名其妙，卻有很實際的逢凶化吉功效。遇到「選擇」的狀況不明情況，宿主幾乎都能做出最安全的決定，是團體中不可或缺的角色。

進化：經過努力修煉，能進化成能量非常駭人的「瘋狂嚼言者」。

第218話

日本，橫濱軍事基地港口。

大海上的數枚火點，烈焰腥腥沖天。

油氣不斷焚燒，巨大的爆響撐碎了堅硬的艦甲，火焰一柱一柱噴向黑空。

再這麼燒下去，歷史也會開始焚燒起來吧。

停靠在橫濱軍事基地外海，多尼茲上將領導的第七艦隊❶第二分隊，竟然在猝不及防下遭到不明飛彈的毀滅性攻擊。一艘航空母艦，兩艘提康德羅加級飛彈巡洋艦，三艘勃克級驅逐艦，一艘派里級反潛巡防艦，兩艘攻擊型洛杉磯級潛艦，一艘補給艦，四架例行巡邏的預警直升機，就在一分鐘之內全數化爲火海。

當位於虎丸號的牙丸千軍接到這項重大的軍事劇變時，饒他是數百年內外兼修的吸血鬼，還是整個人獃住，無法置信地看著海平面上熊熊燃燒的火龍。

「……這不等於宣戰了嗎？」牙丸千軍的聲音，一下子蒼老了百年。

虎丸號上的下屬傳來了調查快報：「長官，根據檢視軍事衛星監視與制海雷達的結果，全部都是從蘭丸飛彈指揮中心發射出來的魚雷……可能是祕密研究的深海隱形魚雷，加上四十多枚血族飛彈同時攻擊造成的破壞。」

飛彈中心？

「誰敢侵入蘭丸飛彈指揮中心，私下攻擊多尼茲的第七艦隊？這是來自東京的軍事叛變嗎？還是不明勢力的從中破壞？」牙丸千軍深思，思慮著各種可能。

茲事體大，一旦處理失當，絕對無法逃避全面戰爭的局面。

類銀事件尚未落幕，這次的攻擊接踵而來，美國人會怎麼想呢？

東京的牙丸無道能夠穩定政局嗎？

阿不思能夠在關鍵的時刻阻止傾斜的決策嗎？

需要連絡白氏貴族進行高層的緊急會議嗎？

牙丸千軍心亂如麻，但數百年的修為讓他的心漸漸平靜下來。

虎丸號的艦長不敢出聲打擾牙丸千軍思考，只是用手勢簡單命令屬下全艦提升軍事戒備，預警直升機全數升空平貼海面飛行巡邏，嚴防美國的軍事報復。

「絕對不能引發意料之外的戰爭，不論是軍事叛變抑或是任何狀況，一定要斡旋。」

牙丸千軍拍打手中的紙扇，緩緩做出指示：「從現在起讓所有的情勢，所有的資訊全部透明化，讓東京與華盛頓方面清楚我們堅定的和平立場，不能有任何曖昧的空間。」

「是。」虎丸號的艦長遵命，又說道：「需要聯繫其他港口的艦隊出動嗎？」

「當然，另一方面用最和緩的距離監視第七艦隊的動向，並將我們的艦隊調度清楚通知東京，務必不讓牙丸無道有發動戰爭的理由。」牙丸千軍頓了頓。

他想起了他的劣徒，山本五十六❷。

二戰期間，牙丸千軍因反對日本的海軍總部挑釁美國，於是被山本五十六的私人暗殺軍團施用強烈麻醉煙霧將他囚禁起來，等到偷襲珍珠港成功後才洋洋得意將牙丸千軍給放出來，向他展現日本歷史上最偉大的成功海戰。

殊不知，喚醒擁有全世界最頂尖機械科技文明的美國的結果，不僅將日本的戰力整個拉垮，最後還挨了兩枚鬼哭神號的核子彈。

這種事，不能再發生一次。

這次的代價誰也負擔不起。

「另外，我要從世界各地調回『淚眼咒怨』境外特勤部，四十八小時之內都得到我的身邊。這個命令是最高機密，你知道最高機密的意思嗎？」牙丸千軍緩緩踱步，每一步的距離都一樣，度量著極端的保安計畫。

「是。」虎丸艦隊的艦長雖然是個人類，但可是因牙丸千軍的提拔才能在這承平時代裡平步青雲，是牙丸千軍安插在艦隊裡的心腹大將。

「成立一個直接向我匯報的專案小組，進行蘭丸飛彈中心的報告。」牙丸千軍思忖，說道：「我還需要一個叛變的故事，必要時我要找到可以犧牲的棋子，明白嗎？」

「明白。」

是的，再明白不過。

事情的眞相當然必須調查，但是「先找到叛變的禍首」，才能將這件事從漫天飛彈的情勢帶往冷靜的談判桌。如果美國也希冀得到一個不須出兵的理由好鎮壓軍隊裡的鷹派，那麼牙丸千軍提供的「叛變的故事」，也就相當重要了。

「立刻接通華盛頓，從現在起我們要與美國高層保持聯繫，不論是誰想要發動戰爭，他都不會成功。」牙丸千軍的紙扇緊緊抓在手中，眼神如炬。

虎丸號的艦長還沒應答，船底一陣驚人的巨響震動了整個海面。

儀表板閃爍失靈，供電正在急遽下滑，幾秒間整艘虎丸艦已完全進入黑暗。

不對勁。

「我們好像中了向量性電磁脈衝彈，才會失去動力。」一個操作員懷疑，因為在遠處盤旋的直升機並沒有失速墜海，顯然電磁脈衝彈的範圍很有限。

「長官……好像有東西從船底鑽上來了！」另一個操作員霍然站起。

牙丸千軍紙扇停住，冷冷地看著震動不已的指揮艙地板。

❶美國第七艦隊隸屬於美國太平洋司令部屬下的太平洋艦隊，司令部設在日本的橫須賀港，駐地包括日本佐世保、沖繩和韓國釜山、浦項、鎮海等地，是目前美國最大的海外前方投送部隊，用於威懾、前沿防禦和聯盟合作，保護海上通道、防衛友邦國土以及在威懾失效時，動用必要的手段來中止敵意。所以經常充當美國對外軍事的急先鋒。第七艦隊大約擁有五十至六十艘軍艦、三百五十架戰機，艦隊滿員編製六萬人，其中包括三萬八千名海軍官兵和二萬二千名海軍陸戰隊員，平時總兵力約兩萬人。（摘自http://zh.wikipedia.org/wiki/第七艦隊）

❷山本五十六（やまもといそろく，Isoroku Yamamoto，一八八四年四月四日～一九四三年四月十八日），日本海軍軍官，第廿六、廿七任日本聯合艦隊司令長官。戰死時為海軍大將，死後被追贈元帥的稱號。就任日本聯合艦隊司令長官兼第一艦隊司令長官。從擔任副司令官時候起，就堅決反對日德義三國軍事同盟。當時他預見到飛機作戰時代的到來，對日本大和號戰艦的建造以及對美國開戰提出了反對意見。一九四一年（昭和十六年），太平洋戰爭爆發，據說偷襲珍珠港是山本五十六的提案。一九四三年，正在視察前線途中的山本五十六的座機被美軍跟蹤襲擊，於布干維爾島上空被擊落而喪生。此事件被日本軍方稱為「海軍甲事件」，有一說為牙丸千軍派人暗殺。（摘改自http://zh.wikipedia.org/wiki/山本五十六）

第219話

今晚的驚喜還沒結束嗎？

來者究竟是誰？

也好，至少答案即將揭曉，不必勞神進行什麼調查了。

好幾個巨大的金屬物體從船體底部快速往上衝，摧枯拉朽的衝撞力將每道船艙隔間給轟破，完全不讓戰艦有應變的時間；眨眼間，那些金屬物體便來到了指揮艙附近，停滯不動。

金屬物體原來是圓球形狀的小型船艙，一衝撞到鎖定的船艙地點後，立刻湧出數十道黑色的快影，用驚人的速度突破戰艦內特戰隊隊員的防禦，血淋淋來到指揮艙。

失去動力的軍艦，只有一縷銀色月光，寧靜地穿過玻璃。

月光很美，景色很殺。

黑色的刺客，染血的圓形磁刀。

成圓成陣，井然有序的殺氣。

效率，致命，有條不紊。

選在重大的飛彈攻擊之後戒備最緊繃時，立即進行第二波的軍事行動，大膽到目中無人的地步；其計算精細，但執行計畫的能力更是讓人畏懼。

即使以吸血鬼的標準來說，這亦是無可挑剔的軍事刺殺行動。

令人畏懼——但牙丸千軍並非常人。

牙丸千軍沒有絲毫懼色，老態龍鍾的笑容牽動著軟弱無力的皺紋。

他是鬼。

足以殺佛的鬼。

「爲什麼不直接用飛彈攻擊船艦，直接將我葬身火海豈不完美，卻要多此一舉派特攻隊來送死呢？」牙丸千軍溫暖的笑容，打量著約莫上百名黑衣刺客。

黑衣刺客沒有動靜，肉搏死鬥一觸即發。

「答案當然是，因爲我們要確實殺了你啊。」

虎丸號艦長淡淡地說，後退了兩步，兩個黑衣刺客將艦長擋在後頭。

牙丸千軍的笑容頓住。

這老頭終於明白，這一切都是個局。

虎丸號艦長，也是局裡的一枚棋。

敵人的棋。

「現在即使『淚眼咒怨』已經到你身邊，情勢也不會有任何的改變。風已經吹向美好的新世界了，舊的人物就留在舊的回憶吧。」虎丸號艦長說，表情比篤定還要篤定。

說不定根本沒有潛入者，蘭丸飛彈中心就是被Z組織的長期臥底給控制了。虎丸號艦長被不明的敵人吸收肯定不是個案，越龐大的組織儘管勢力越強大，但無數漏洞也同樣蠶食著組織的嚴密。潛伏在東方吸血鬼帝國裡的害蟲，不知道還有多少。

但牙丸千軍有個最簡單的觀念。

只要吞得進骨頭，殺死敵人，絕對比上談判桌要簡單多了。

「好久了，我都差一點忘記自己不是文將出身，而是個粗俗的武人啊。」牙丸千軍慢慢亮出扇子摺面，上頭紙面用蒼老稀疏的筆法寫著：鬼殺佛。

這個老是駝背的佝僂老人的身影，頓時飽滿了強大的黑暗之氣。

牙丸千軍一動不動，地上的影子竟狂暴地燎亂起來。

這一燎亂，竟連同整個指揮艙的所有人影子都開始不自然躁動起來，氣氛異常地詭異，好像連空氣也會燒了起來。只要親眼看過這一幕，都會懷疑「影子僅是單純的光影現象」這樣的物理解釋。

此刻，虎丸號的艦長不禁動搖了意志。

我的雙腳不由自主發抖是怎麼回事？

快要喘不過氣來又是怎麼回事？

難道我站錯邊了嗎？

為什麼眼前這個彎腰駝背的老人，好像只要輕輕曲動一根手指……

就能將我們瞬間殺死的感覺？

「好一個『血鎮』，如果你不要刻意壓抑，它一定會進化成『萬里長屠』。」

一個黑衣刺客開口。

牙丸千軍瞇起眼睛，看著方纔說話的人物。

那人絲毫不畏懼地看著牙丸千軍的眼睛，更主動撕下了面罩，將他奇特的模樣坦露出來。灰色的眼珠瞳孔，灰色的頭髮，灰色的面容膚色，灰色的所見一切。

「什麼怪物，生得這麼醜？」牙丸千軍淡淡說道。

所有刺客眨眨眼，俱是灰色的瞳孔。

答案揭曉，皆是「第三種人類」。

何人特遣這群刺客，答案不言而喻。

「牙、丸、千、軍——傳說是當今吸血鬼裡最可怕的人肉兵器，比起那些躺在樂眠七棺裡的怪物亦不遑多讓，今日一見，果然。」灰色的刺客首領語氣傲慢，卻充滿了尖銳的自信：「爲了對付你這個老死不死的人肉兵器，我們全都動了基因手術，肌肉動作、神經反射都比以前快上好幾倍，你覺悟吧。」

牙丸千軍輕舞紙扇，動作緩慢到讓人氣悶。

「覺悟？哈哈，好啊，我覺悟了。」這老頭如此說。

如此說，說如此。

老頭的舞並沒有迷惑住刺客，只是他的舞沒也間隙，讓人不知從何下殺手。

牙丸千軍沒有自信能夠在核彈的蘑菇雲下存活，但面對一百人的武裝兵團……抱歉，不管這一百人是什麼來頭，最後能站著走出這艘戰艦的，絕對是拿著扇子的自己。

鬼殺佛，當然也殺名不見經傳的灰色怪物。

艙底破洞不斷進水，船身開始傾斜。

紅色的煙霧，不知何時已瀰漫了整個指揮艙。

一百雙灰色的眼睛凝縮。

「我說，人肉兵器啊……」

？

「這次你太自信了。」

一百個第三種人類刺客，同時將手臂上的按鈕按下。

微型注射器瞬間將奇特的發亮液體，汩汩灌入眾人的體內。

奇異的，強大的，焠鍊的能量，迅速激動了一百名刺客的神魄。

「斬鐵，就位。」
「斬鐵，就位。」
「斬鐵，就位。」
「斬鐵，就位。」
「斬鐵，就位。」
「斬鐵，就位。」
「斬鐵，就位。」
「斬鐵，就位。」
「斬鐵，就位。」
「斬鐵，就位。」
「斬鐵，就位。」
「斬鐵，就位。」
「斬鐵，就位。」

「斬鐵，就位。」
「斬鐵，就位。」
「斬鐵，就位。」
「斬鐵，就位。」
「斬鐵，就位。」
「斬鐵，就位。」
「斬鐵，就位。」
「斬鐵，就位。」
「斬鐵，就位。」
「斬鐵，就位。」
「斬鐵，就位。」
「斬鐵，就位。」

「斬鐵，就位。」
「斬鐵，就位。」
「斬鐵，就位。」
「斬鐵，就位。」
「斬鐵，就位。」
「斬鐵，就位。」
「斬鐵，就位。」
「斬鐵，就位。」
「斬鐵，就位。」
「斬鐵，就位。」
「斬鐵，就位。」

「斬鐵，就位。」「斬鐵，就位。」「斬鐵，就位。」「斬鐵，就位。」
「斬鐵，就位。」「斬鐵，就位。」「斬鐵，就位。」「斬鐵，就位。」
「斬鐵，就位。」「斬鐵，就位。」「斬鐵，就位。」「斬鐵，就位。」
「斬鐵，就位。」「斬鐵，就位。」「斬鐵，就位。」「斬鐵，就位。」
「斬鐵，就位。」「斬鐵，就位。」「斬鐵，就位。」「斬鐵，就位。」
「斬鐵，就位。」「斬鐵，就位。」「斬鐵，就位。」「斬鐵，就位。」
「斬鐵，就位。」「斬鐵，就位。」「斬鐵，就位。」「斬鐵，就位。」
「斬鐵，就位。」「斬鐵，就位。」「斬鐵，就位。」「斬鐵，就位。」
「斬鐵，就位。」「斬鐵，就位。」「斬鐵，就位。」「斬鐵，就位。」
「斬鐵，就位。」「斬鐵，就位。」「斬鐵，就位。」「斬鐵，就位。」
「斬鐵，就位。」「斬鐵，就位。」「斬鐵，就位。」「斬鐵，就位。」
「斬鐵，就位。」「斬鐵，就位。」「斬鐵，就位。」「斬鐵，就位。」
「斬鐵，就位。」「斬鐵，就位。」「斬鐵，就位。」「斬鐵，就位。」

牙丸千軍的紙扇舞沒停。
只是額上多了一滴汗。

「放心，你的頭顱會比你想像的還要有用。」刺客首領衝出。
灰色的海潮湧上。

人氣達人

命格：集體格

存活：一百年

徵兆：不管走到哪種類型的場所，都會使該場所人潮不斷，瞬間客滿甚至癱瘓。開車遇到塞車是家常便飯。他媽的追女生時對手也特別多。租屋後不久整棟樓都會出租完畢。出席作家的簽書會，會使冷場變成簽到手軟的熱場（嘿！請拜託跟我聯繫一下）。

特質：人氣一流，對許多商家來說根本就是會走路的招財貓，但對宿主本身卻是場擺脫不了的擁擠惡夢，故命格吃食宿主的煩躁而茁壯。人多好辦事，善用此命格將有意想不到的妙處。

進化：眾望所歸。

（戴逸翔，台南，嘆氣走出學校的廿四歲。）

第220話

瘋狂，是最接近神啓，也是最接近惡魔思想的精神狀態。

宗教、巫術、政治都藉由集體瘋狂產生的氛圍，飽取世人的救贖。

在西方文藝復興時期，「瘋狂」是神秘體驗和道德諷刺的混亂綜合。由於未知，人們對於瘋癲的精神狀態感到異常恐懼，對於瘋癲者經常出口的末日論、黑色預言，感覺深不可測又畏懼其眞，在不敢殺害這些瘋癲者的情況下，恐懼逐漸矛盾、又扭曲，於是人們把精神病患者裝上「愚人船」逐出理性的世界，讓滿船的精神病患漂泊遷移於港口與城市之間，任由海洋變幻莫測的自然力量決定愚人船的生死。

另一方面，瘋癲者卻成了中世紀民間文學的要角，戲劇往往透過瘋癲者的角色，以笨拙的語言赤裸裸道出眞理，揭破由種種荒謬構成的冰冷現實。

想要超凡入聖，絕對不能畏懼瘋狂。

□

有霧的地方，就會有危險。

有大霧的地方，就會出現上百句黑色勁草的座右銘。

一個喜歡將唐詩黏在舌頭上的，瘋狂獵命師。

十數日前，入夜後東京的霧特別的濃。

在大長老的號召下，此時幾名長老護法團的精銳，以及數個極有希望獲選進入長老護法團的中生代獵命師，都已陸續抵達東京。一群獵命師聚集在中華料理店樓上的書房，商議著圍捕烏家兩兄弟，而十幾隻靈貓則在陽台上依偎取暖，酣酣睡覺。

這些人在淡淡的焚香中討論連日在東京都沒有消息的烏家兩兄弟，該如何分頭截獲殺死，直到「那個人」開始打呵欠，大家突然靜了下來，像是聲音全被漩渦抽進地底岩層似的。

獵命師一族由於詛咒的關係，使得內部格外「團結」，階層井然，紀律嚴明，但有的時候，某些人的發言權往往超越了他的階層，因爲武功，或因爲他身上奇特的「命格」。

「那個人」，一個年約三十五，身著白色長道衣，上面用毛筆寫著許多人生座右銘的邋遢男子，被眾獵命師靜悄悄圍繞在中心。老中青三代，大家全都在等待他的靈光一現，沒有人敢提前出聲擾亂他的靈感。

「……」邋遢男子眼睛因長期睡眠不足佈滿了複雜的血絲，鬍碴爬滿了半張臉，連續打了幾個讓人超想揍死他的濃臭呵欠後，還伸手進去褲襠裡極其不雅地搔搔抓抓，完全不理會眾人的眼光。

這個絕對不能交起來當男友的邋遢男子，有個極不相稱的名字。

鬫香愁。

一點都不香，不香到讓人發愁的，鬫香愁。

「初因避地去人間，及至成仙遂不還，峽裡誰知有人事，世中遙望空雲山。」鬫香愁又打了個呵欠，慢慢唸出王維的「桃源行」。

這個唐詩中毒者的掌心裡，超稀有的「瘋狂囈言者」命格燒燙著掌紋。

「馬的，什麼意思？」鰲九第一個放炮，他實在懶得思考。

「這幾句唐詩的意思，是在說烏霆殲跟烏拉拉哪一個人的下落？還是兩兄弟都是？」鎖木思忖，頓了頓，又說：「還是都不是？會是在說其他的事情嗎？」

至少具備五百年能量的「瘋狂嚙言者」之預測能力是不需要討論的，但瘋狂嚙言者的跳躍性思維，讓眾人只能就著唐詩的意境與語言使用去猜測，因爲預言的事件與詢問的方向不見得吻合，只能從唐詩裡得到一些想像。

「避地……成仙不還……峽裡誰知有人事……這幾句話好像在說J老頭的打鐵場結界？」擁有「惡魔之耳」的廟歲心思飛快，立刻聯想到了曾幫幾個獵命師打造兵器的J老頭。

他雖沒去過，但J老頭的名聲可是如雷貫耳，打鐵場的結界傳說也不算是祕密。

兵五常一拍大腿，點頭稱是：「沒錯，如果有一個地方可以躲掉我們的機率格命格的追蹤，打鐵場的結界就是！」

位列長老護法團的兵五常曾進入打鐵場一次，對裡頭的奇妙世界印象深刻。打鐵場的結界隔絕於世，尋常命格可能探索不到裡面的狀況。

「時難年荒世業空，弟兄羈旅各西東；田園寥落干戈後，骨肉流離道路中。」闞香愁嘆了口氣，悵然道：「弔影分爲千里雁，辭根散作九秋蓬；共看明月應垂淚，一夜鄉心五處同啊……五處同！」

他媽的，竟然數來寶起來。

鰲九心中幹罵著，不滿之情溢於言表。

「這就好懂多了。」書恩看著鎖木。

「原來這對兄弟分開了，大概也是情勢的無奈吧。」鎖木直接解著詩裡的辭句，有條有理說道：「年荒世業空，說的是兩兄弟對入侵地下皇城的想法沒有進展，不過各西東才是眞正重點。依我之見，日本大致分爲關東與關西，弟字爲西，所以烏拉拉應該已逃往關西，而兄字爲東，故烏霆殲還大膽地留在關東，甚至可能還在東京。」

「若烏霆殲在東京的話，順著廟歲對預言的看法，那便是在J老頭的打鐵場了吧。」倪楚楚思量，越想越覺得自己的想法正確，繼續說道：「鰲九的『千里仇家一線牽』無法鎖定烏拉拉，但曾經被追蹤的烏霆殲都探測不到，也印證了烏霆殲極可能是在J老頭的打鐵場。」

倪楚楚是獵命師長老護法團少見的女性，她的身上總是纏罩著寬鬆的布衣，而她之所以能躋身護法團的祕密，就藏在衣服底下。

「我也同意，如此一來就必須兵分二路了？」風宇點頭。

他心想，如此就得留在關東了，與烏霆殲再戰一次的機會大些。

「等等，我的見解大不相同。弟兄羈旅各西東，我覺得裡面的西字是指一命歸西的西，而西字對應到弟這個字，所以我看是陰陽兩隔了，死的是烏拉拉，真正該死的烏霆殲反而活了下來。」仇不非吞吐著菸圈，手指夾著菸往空中虛點虛點。

「你們都太扯了。中國人寫詩，寫到兩人分離時還不就寫各分東西？什麼關西關東？什麼一命歸西？簡直就是牽強附會嘛！」鰲九不屑。

「共看明月應垂淚，這是指初一十五月圓的時候，有什麼事會發生嗎？」鎖木不與理會，兀自推敲著詩意。鎖木對預言裡字句何者是「關鍵字」，頗有自己想法。

鬬香愁挖著鼻孔，不置可否。

「那五處是什麼意思？哪五處？」兵五常迸出這麼一句。

「詩裡的意思不能盡解，盡解絕對會走到預言的死胡同裡。」孫超提醒眾人。

「我說，烏霆殲八成還是被牙丸禁衛軍給逮了，被關在吸血鬼特製的結界裡，所以我們才會找他不著。至於烏拉拉？你們想找就找吧，我跟阿廟絕對會把東京翻過來，找到烏霆殲殺了。」鰲九簡單做了結論。屬於他自己的結論。

此時，闞香愁將手指上的鼻屎輕輕彈出，鼻屎咻地黏在孫超花白的眉毛上。

闞香愁又打了個好長好長的呵欠，於是眾人又靜了下來。

「所守或匪親，化為狼與豺；朝避猛虎，夕避長蛇，磨牙吮血，殺人如麻；錦城雖云樂，不如早還家。」闞香愁歪歪脖子，打了個氣虛敷衍的呵欠，又補了一句：「……蜀道之難難於上青天，側身西望常咨嗟啊，常——咨嗟！」

闞香愁掌心裡反覆揉捏的「瘋狂嚼言者」，並非年方三十三的他所獵捕到的奇命，而是由上一任長老護法團的前輩在臨終前傳承予他。

理由很簡單。

闞香愁非常有天賦，瘋瘋癲癲的闞香愁對於神啓的領悟青出於藍，比上一個守護珍貴的「瘋狂嚼言者」的前輩要來得有天賦。「瘋狂嚼言者」若不棲食在他身上，效力必定銳半。

但也就是因爲鬭香愁行事老是陰陽倒錯沒有常理，更沒有個人原則，所以即使鬭香愁不論在智力與咒力上都被認爲是聶老一人之下，仍沒有獲選進入長老護法團。更可能的是，也許長老護法團希望鬭香愁入團，但鬭香愁還不見得願意吧。

孫超皺眉，咳嗽說道：「詩意這麼慘，這是叫我們放棄，回到中國嗎？」

「雞雞毛毛的，就是說這幾天會出事了？」頭髮花白的厲老頭，厲無海。

厲無海以前沒能入選長老護法團，隨著年紀越來越大，身子裡的武功越墊越厚，面子也越來越掛不住。現在一大把年紀了，老是想藉點事情殺殺長老護法團的銳氣。這兩兄弟，就是厲老頭設定的標靶。

「會出事，這也表示我們距離跟那兩兄弟的交鋒，其實很近了？」體魄精強的中年漢子，任不歸。

任不歸拿著一把磨光的刀子，在身上的肌肉不斷刻、不斷刻、不斷刻，刀子並沒有戳進肉裡，卻發出尖銳的金屬蝕刻聲。這是任不歸近乎偏執的、訓練自己熟練斷金咒的日常生活。

這厲、任兩人坐在書恩的對面，書恩的目光一直迴避著他們兩個祝賀者。

「兩兄弟？得了吧，咱們的敵人不只是烏家兄弟，打從我們一踏進日本，所有的吸血鬼都打算殺掉咱們不是？我們也不必客氣，一個擋著，就幹掉一個，一百個擋著，就一口氣殺掉一百個。」廟歲冷冷地說，幾天前與黑衣戰隊的慘鬥歷歷在目。

「哈，總算聽到句人話。」鰲九非常同意，點了支菸。

仇不非聳聳肩，吐出菸圈說：「說不定跟你們擔心的正好相反，那些慘絕人寰的句子是在說吸血鬼膽敢攔我們擒凶的下場哩。」故意與人作對，是他一貫的行事風格。

「天長路遠魂飛苦，夢魂不到關山難。」闞香愁慵懶地抓著鼠蹊部，抓完後將手指放到鼻子前仔細地聞著，有意無意地看著鰲九與阿廟。

鰲九不客氣地瞪了回去，幹什麼對著他說這些不吉利的話，真想開罵。

「如果這兩兄弟是分開的，從何找起也是個問題。」孫超嘆了口氣：「一個王婆，一個小樓，我們還未逮到兩兄弟其一，就已折損慘重。這些唐詩詩意如此慘烈，即使是送給吸血鬼的，我們這邊也會付出相當代價，顯而易見。」

孫超的內傷尚未痊癒，此刻他還待在東京，只是想盡一分棉薄之力，在關鍵時刻幫助眾人承受烏霆殲一擊，他便死而無憾。

鎖木沉思：「這兩兄弟上次聯手，把烏垮跟三個祝賀者都給殺死了，這四個人都是可能問鼎長老護法團的菁英，可見烏霆殲與烏拉拉一旦聯手的確有某種奇效。就算我是選擇性相信預言也好，我認爲兩兄弟分開對我們最爲有利，否則我們就要保證對上這兩兄弟時，我們這邊至少要有五到六個夥伴才有八成把握。」

「屁。」鰲九冷笑。

「數字上的迷思。」倪楚楚搖搖頭，說：「獵命師的勝負，豈是這麼計算？」

「失言了。」鎖木輕輕鞠躬，算是承認自己的錯。

或是，承認自己的輩分不足。

仇不非又要說話，卻被其他人的手勢給阻止了，因爲闞香愁又打了個呵欠。

「月落烏啼霜滿天，江楓漁火對愁眠，姑蘇城外寒山寺，夜半鐘聲到客船。」闞香愁說完，又是個呵欠。

然後闞香愁便坐著睡著了。

眾人對這一首〈楓橋夜泊〉自又開始議論紛紛。

當晚後，獵命師們按照自己對預言的理解分別行動。

有人待在東京，有人啓程關西。

有人積極結盟，有人熱衷自由。

只是那晚從頭到尾，聶老都沒有說上一句話。

他的腦海裡，依舊停格在那一夜。

那一幕。

那隻黑色的靈貓紳士，望著即將蓄滿強力電流的水池，毫無猶疑跳進的模樣。

第221話

任何命格都需要時間相處、乃至熟練它的特性，才能在實戰中派上用場。

或許是因爲熱愛自由吧，比起專心致志於單一品種命格的獵命師，烏拉拉眞喜歡跟不同的命格碰撞碰撞，但絕不耽溺於同一個命格的反覆使用，免得被侷限在固定的作戰模式裡。

獵命師戰鬥的千變萬化，在烏拉拉的身上得到最好的印證。

因爲烏拉拉捨得失去。

只有失去，他才能有積極獵捕新命格的動力。交互更替，隨時將自己掏空，隨時準備用嶄新的命格作戰。但，這次可不是爲了訓練自己才送出那東西。

「這就是談戀愛的感覺嗎？」

烏拉拉坐在前往關西的新幹線上，看著窗戶映照的自己。

自己的旁邊，沒有朝夕相處的神谷。

□

「神谷，伸出手。」

「……」

「這個命格，送給妳。」

「……」

「是禮物。」

「……」

「再見的禮物。」

□

很貪心。

眞的已經很貪心了。

明知道自己是吸血鬼通緝的亡命要犯，更是獵命師亟欲殺死的目標，自己卻還是任性地待在神谷旁邊好幾天，一方面纏著神谷到處跟他搜尋新的命格，另一方面，自己還拉著神谷試驗「自以爲勢」的效用，不僅看了好幾天的運動比賽，還玩起驚險的矇眼過馬路的幸運遊戲。

自己究竟是怎麼一回事，是瘋了嗎？難道不怕將神谷這個平凡的女孩拖下水，陷她於四面楚歌的危險境地？敵人來了，自己難道能保護神谷嗎？

「不，神谷怎麼會是平凡的女孩？平凡的女孩會冒險收容我這麼危險的人物嗎？這是一場不平凡的女孩與不平凡獵命師的不平凡邂逅，所以遇到不平凡的敵人，自然會有不平凡的結局。」烏拉拉自言自語，看著窗外的景色飛逝。

飛逝啊飛逝……

自己的某個部分，一定被新幹線列車的飛速給甩脫飛逝，留在背後的東京了。

「他媽的你在想什麼啊？就算神谷並不平凡，難道你的行爲還不夠荒唐嗎？不夠害死她嗎？……夠了。這樣就夠了。難道你眞的要等到敵人找上門，才來演出哭哭啼啼的突破重圍戲嗎？」烏拉拉這時突然想起多年前離開黑龍江的那天，哥哥看著窗外的樣子。

那年，哥哥送了「大月老的紅線」給小蝶。

昨天，自己送了那東西給神谷。

烏拉拉苦悶地伸手進腳邊的揹袋，摸摸熟睡的紳士肚子。

紳士也是同樣的苦悶。

剛剛與甜美的小內貓交往不久，就因爲主人再度踏上危險的旅程，紳士被迫與小內貓分開，留下涉世未深的小內貓託給神谷飼養。下次再見面，不知道是什麼時候……說不定那時小內貓已經懷了別家野貓的小小貓了吧。

烏拉拉原本是個樂觀到讓人大吃一驚的傢伙，彷彿這個世界上沒有一件事情夠分量讓他深鎖眉頭，連烏拉拉自己都深深以自己的達觀感到自豪。

但現在，烏拉拉有了喜歡的女孩，心裡的負擔有了甜蜜重量。

戀愛讓人有了弱點。既使人在擁有時無比堅強，卻又在離去時風化人的意志。

「紳士，你說，神谷有沒有喜歡我？你說說看你說說看啊？」烏拉拉認眞問。

「喵。」紳士有氣無力回應，一整個沒勁。

「唉，別這樣，我可是有邀請小內貓跟我們一起旅行的，是你自己龜毛不要的好不好？現在悶了吧？就跟你說不要勉強。」烏拉拉捏捏紳士的頸子。

紳士像一條被嚼過一百次的口香糖，無精打采地黏在背袋裡。

烏拉拉無奈道：「好了好了，你睡你的吧。」

哥哥送的藍色吉他已經在池袋國際水族館中被大水沖毀，烏拉拉在東京又買了一把新的吉他，同樣是藍色，但造型上當然新穎多了，烏拉拉還在天台上彈了幾次「人生就是不斷的戰鬥」給一愣一愣的神谷聽。

「小丸子的爺爺說？」神谷在紙條上寫。

「人生就是不斷的後悔啊。」烏拉拉撥著弦。

「我怎麼記得那句話是小丸子的姊姊說的？」紙條。

「真的嗎！真的嗎！」烏拉拉驚慌失措。

神谷笑了起來。

然而這次烏拉拉沒有再將吉他揹在身上旅行，而是寄放在神谷家裡。

故意的。

「看到吉他的時候，可要想起我啊。」烏拉拉深呼吸，吐出一口濁氣。

在新幹線哪一站下車？烏拉拉沒有個準。

他離開東京只是旅行的一個起點，卻沒有決定該在哪一個城市下車。

失去下落的哥哥，情勢越來越緊張的東京，連雷神咒都出動了……

哥哥那麼桀傲不馴，怎麼可能輕易離開東京？但哥哥爲了與自己聯手一舉幹掉父親及祝賀者，還有更長遠的兄弟聯手攻破地下皇城的計畫，哥哥可以處心積慮欺瞞父親，暗地裡培養自己的身手。所以哥哥絕非有勇無謀之人，面對大軍壓境的獵命師長老護法團，哥哥一定是用特殊的方式暫時躲了起來，等待更好的時機取得更強大的力量。

自己如果要幫助一心想殺進地下皇城的哥哥，最好還是到別的地方破壞吸血鬼的重要據點，將獵命師跟吸血鬼的注意力引開東京，甚至引開整個關東。

此時，烏拉拉打開剛剛在車站月台買的關西旅遊雜誌，開始研究哪裡可去。

翻著翻著，滋賀、大阪、京都、兵庫、奈良、和歌山……其中最吸引烏拉拉注意的，就是寺廟林立、古色古香的京都了。

供奉千手觀音，山號爲音羽山的清水寺，是京都最古老的寺廟，建於西元七九八年，一九九四年列名至世界文化遺產中。清水寺裡擁有許多不同主題的小神社，其中有個名爲「地主神社」的小神社位於清水寺正殿北側，神社內良緣之神極受年輕人的喜歡，在這裡終日可見祈求良緣的年輕女性虔誠參拜，熱鬧非凡。

地主神社裡有一對相距十米遠的「戀愛占卜石」，相傳祈願者若能閉著眼睛，從這邊的石頭走到對面的石頭前，兩個人的戀愛便會如願以償；如走偏了，很可能要出現一些波折。地主神社內還有「幸福鑼」，敲響「幸福鑼」，其響可達愛神之處，以求愛神恩賜良緣。

「閉上眼睛走十公尺摸石頭，就可以得到戀愛的好運？這世界上有這麼便宜的事啊？」烏拉拉失笑：「不過世事難料耶，普通人有個好命格在身上，也是一樣的道理不是？身爲獵命師，應該對長久以來的奇妙傳說有點信仰吶！」

想了想，眼神停在旅行雜誌上的戀愛占卜石……

第222話

月落烏啼霜滿天，江楓漁火對愁眠。
姑蘇城外寒山寺，夜半鐘聲到客船。

憑著闕香愁最後這四句〈楓橋夜泊〉唐詩，兩個可說是此行裡戰鬥實力最低的獵命師，鎖木與書恩，搭檔來到了關西的京都。

幾天前，兩人在新幹線上的對話。

□

「寒山寺指的應該是寺廟聚落的方向，我們既然鎖定往關西找烏拉拉，那麼理所當然便是往寺廟最多的京都找去。月落、烏啼、霜滿天，應該是情境的指標……月亮每個地方都有，所以月落應該是指深夜時分，而不是特定的地點；霜是氣候情境，但最近的氣溫不會突然下降來場大雪，多半是指跟霜同樣性質的雨水；但烏鴉不會突然出現一大群，所以我必須調查幾間平常就有許多烏鴉棲息的京都寺廟，縮小寺廟的範圍。」鎖木的膝蓋上放了台筆記型電腦，搜尋著日本關西的人文地理資訊庫。

「鎖木，這會不會太牽強附會了？」書恩猶疑：「孫超說，盡解詩意恐怕會鑽進死胡同，如果我們……」

「解預言詩原本就是牽強附會，但預言詩有趣的地方，就在於相信便會發生。如果對預言的解釋缺乏信心，那麼便不可能在我們預想的時間與地點，發生我們期待的事件。」鎖木：「既然預言詩是真，所以代表命運早已冥冥中註定，命運的力量會牽引著預言裡關係的人事物，將身在命運裡的烏拉拉，和期待與命運碰撞的我們，重疊在一起。」

「我明白了，我們所要做的，就是滿足預言詩裡所有的情境條件。」書恩點點頭。

她覺得鎖木的身上有股讓人信賴的領袖特質，假以時日，鎖木定是獵命師裡的領導人物。

「沒錯。」鎖木。

但書恩還有一個疑問。或許是最重要的疑問。

「鎖木，你覺得我們鬥得過烏拉拉嗎？」書恩看著自己的手。

這些日子來自己的大風咒頗有進境，但是身處高手之林，難免自慚形穢。

「我們並不是要硬碰硬。坦白說，我對自己短期內的戰鬥力沒有把握，尤其上次見過烏拉拉一面，沒有交手，我就覺得自己多半打不過他，即使與進步很多的妳聯手，我依然覺得沒有勝算。上次烏拉拉竟然能逃過廟歲跟聶老的夾殺，就是最可怕的證明。」鎖木嚴肅地說：「但闞香愁、兵五常、廟歲、聶老都聽了我的話去了關西，所以我們只要順利跟蹤烏拉拉的大致行蹤，或是讓他受點傷，或是想辦法一個人纏住他另一個人奪走他的靈貓，都算達成任務，更重要的是，我們要隨時通知其他四個人，讓他們收拾烏拉拉。」

鎖木手中晃著設有GPS全球定位系統的手機，書恩點點頭。

分開前，鎖木已經買給所有與役的獵命師一人一支GPS手機，讓彼此都可以掌握同伴的行蹤。這是統合作戰的最基本。

□

今晚，所有的條件似乎都快滿足了。

音羽山，月落時分。

夜空中飄著淡淡雨絲，烏鴉盤據在清水寺底下的軍人墓園。

綁掛著白色厄運籤詩的櫻樹❸，在寺廟大殿前隨夜風晃動，不幸的意念流動著。

烏鴉啞啞叫聲中，一個鋼條似的細長瘦影靜靜坐在大殿上方，與他的夥伴居高臨下觀看整座清水寺的動靜。爲了個「月落」與「夜半鐘聲」，鎖木與書恩白天睡覺休息，晚上才在京都幾個重要的寺廟神社移動。每一個晚上都可能在預言的偏執認同中虛擲光陰，但命運卻不這麼運轉……

昨夜京都很不平靜，巡守的吸血鬼比前一天多了兩倍。

鎖木暗中打聽，才知道前天夜裡三座深藏於醫院地底的血庫，竟然在同一個晚上遭到攻擊，把守血庫的京都護城軍全部遭到殲滅。

令人費解的是，那些血庫竟然沒有被破壞，只是地上留下了火焰焚行的痕跡。

「這種軟弱的行事風格，必定是烏拉拉那小子做的，這證明我們對預言的解讀最接近眞實。」鎖木回憶起，自己被烏霆殲揍到兩隻手都寸斷寸折的晚上。烏拉拉本可趁他毫無抵抗之力時殺了他，卻還灌氣幫他治療的個性。

鎖木分析道：「烏拉拉一定是想到血庫是吸血鬼的命脈，但是只要吸血鬼沒有連根拔除，卻只是毀損血庫的話，倒楣的還是無辜的老百姓。血少了就補，不變的道理。」

「所以，那小子要的只是吸引我們的注意罷。」書恩拿著望遠鏡，在細雨中看著黑夜籠罩下的清水寺。

「或是……吸引吸血鬼精銳的注意。」鎖木也拿起望遠鏡，打了個寒顫。

望遠鏡裡，一個手持蹭蹭尖嚎的電鋸、黏戴著人皮面具的巨漢。

覆蓋在人皮面具後的眼神，是無盡的空洞黑暗。

巨漢緩緩抬起頭來，角度正對著望遠鏡的鏡頭，不移，不動。

那雙空洞的黑暗，彷彿要將望遠鏡後的鎖木襲捲吞陷進去……

❸日本習俗。日本人在寺廟求籤，如果手賤抽中了壞籤，會將籤紙綁在寺廟的樹上，表示厄運從此留在寺裡，不會跟著求籤者離去。喂，有這麼便宜的事嗎！

第223話

電鋸蹭蹭蹭蹭地咆哮，在空靈寧靜的清水寺異常突兀。也異常恐怖。

冷汗，不知不覺溼透了鎖木與書恩的背脊。

「怎辦？那傢伙是吸血鬼吧？」書恩緊張地問。

「如果我沒有記錯資料，那傢伙是東京十一豺裡的歌德。」鎖木倒抽了一口涼氣，說：「傳說他是在上個世紀的七〇年代，一個在美國德州無名小鎮用電鋸支解了八十多個外來遊客的變態凶手，他在殺死被害人後，還會剝下他們的皮風乾，晾掛在潮溼的地下室當作收藏品，有時也會將被害人的臉皮縫貼在自己的臉上，享受『當人』的樂趣。歌德從來沒有眞正被逮到過，因爲吸血鬼看中了他變態的殺人潛力，於是歌德被炮製成了吸血鬼，輾轉到了日本。據說吸血鬼在德州圍捕歌德的時候，歌德的電鋸總共鋸斷了二十幾個吸血鬼好手，最後才勉強被擒住。」

鎖木所不知道的是，當初奉命將歌德咬成血族的吸血鬼，後來整個抓狂瘋掉，可見歌德血液裡暴動瘋狂的厲害，連吸血鬼也抵受不了。也因此，歌德是唯一一個沒有獲得「皇吻」寵召的十一豺成員。

「……我們不要出聲，靜靜地等他走吧？」書恩深呼吸，竭力鎮定。

「好。」

鎖木沒有不同意的理由，他的目標是烏拉拉，而不是東京十一豺。

尤其可怕的是，鎖木與書恩明明就位於高處監視整個清水寺神社群，歌德手裡的電鋸咆哮得這麼大聲，身形如此魁梧，動作又驚人的遲緩，兩個獵命師卻沒有發現這個手持電鋸的瘋漢是怎麼出現在清水寺的。

「等等……歌德怎麼不見了？」書恩駭然。

才放下望遠鏡兩句話的時間，書恩將望遠鏡拿回手中，卻不論怎麼拿著望遠鏡東看西看，就是看不到那個兩百五十公分高的變態巨人。

歌德消失，電鋸的聲音也消失了，但留在耳中的電鋸聲卻持續耳鳴著。

靜悄悄的，靜悄悄的……

飄在身上的細雨，突然變成了黯淡的冷絲，浸裂了鎖木與書恩的恐懼神經。

「噓。」

鎖木警戒示意，書恩早就大氣都不敢吭。

完全沒有道理，歌德的動作這麼遲緩笨拙，就連瘸了腳的老人都走得比他快，怎麼可能一下子溜得找都找不到？不，沒關係的。我們在高處，目測剛剛歌德所站的位置，距離這裡可至少有兩千公尺。

道理雖如此，但鎖木握緊望遠鏡的右手不自覺顫抖著，這分緊張也渲染給了身旁的書恩，書恩有些焦切地搓著手指緩和情緒。

沒有月光的雨夜，稀疏的深廟燈火幽映著音羽山的山徑。

聲息全無。

聲息全無。

四周的氣氛就跟那變態怪物的眼神一樣空洞。

樹影搖曳。

一片枯黃的葉子被風吹離樹幹，輕輕穿過綿綿雨縫，落在鎖木的腳邊。

落在鎖木的腳邊。

「……」鎖木懷中的上班族靈貓哆嗦了一下。

枯葉一分爲二，兩人腳底下的屋頂爆破！

一股極暴力的力量衝鋸開寺廟的屋頂，粉末灰飛瀰漫。

「小心！」

鎖木抓起書恩的手，自己奮力一縱，亦用力將書恩高高甩向天空。

「怎麼可能！」書恩在半空中，看著底下屋頂赫然破出一個大鋸口。

屋頂鋸口中間，一個穿著污穢藍色工人服的巨漢，手掄電鋸爬出灰飛瀰漫的木屑，

巨漢的動作笨拙僵硬，身上卻吹襲出一股絕對無法與之對抗的恐怖感。

歌德。

東京十一豺裡，無痛無感無聲無息的不死之身，變態的人皮面具殺手。

鎖木與書恩一前一後落下，鎖木立刻在手臂上運化起斷金咒，瞇眼看著歌德拖著電鋸，踉蹌地走向兩人。歌德走著走著，電鋸在屋頂上慢慢拖出一條破縫，發出尖銳的瓦片割裂聲。

「……」歌德保持連環殺手一貫的沉默，「面無表情」地看著鎖木與書恩。

兩人蹲在傾斜的寺廟屋頂，震耳欲聾的電鋸破風聲壓制著兩名獵命師。

鎖木非常高大，但站在兩公尺半的歌德下方，簡直像是個發育不良的飢童。

「要打嗎！」書恩緊張地擺起架式，一股清風從她的指際間劃繞而出。

「不知道！」鎖木腦子一團混亂，完全不若平常的他。

「快點決定！」書恩緊張到大叫。

「先冷靜下來！」鎖木吐出一口氣，身上的命格「無懼」勉強作用起來。

歌德步步逼近的拙劣步伐，將屋頂的磚瓦片片踩碎，但他的腳底並未顯露出他有什麼驚人的內力修爲，應該只是尋常的身形緩重……如果沒有內力加持，歌德手中到處都買得到的普通電鋸，以自己修煉的斷金咒絕對可以完全招架住。

那麼，自己到底在怕些什麼？不過是一個電影裡常出現的電鋸瘋漢！

作戰吧！

「掩護我！」鎖木克服恐懼，主動衝向歌德。

書恩斜斜竄出，一手抓起腳下的碎瓦石子往前一拋，另一手凌空擊出一掌。

「大風咒，百石吹襲！」一股凌厲的風壓夾帶著無數碎瓦石子，撲向歌德的眼睛，每一顆碎石都像霰彈槍的鋼珠子彈飛出。

「……」歌德卻連眨也不眨，慢吞吞舉起電鋸便劈！

「斷金咒，削鐵如泥！」鎖木左手橫臂一架，與歌德的電鋸硬碰硬，右手鋼條似的瘦臂注滿強勁的內力，往前斬向歌德的腰。

無法想像地，刺耳的金屬鋸裂聲鑽進四周空氣，血屑紛飛。

電鋸蹭蹭劃斷鎖木擋在上方的左手前臂，又往下鋸斷了左肩旁的手後臂。

「啪答。」

瘦長的手臂一鋸爲二，手掌與手臂中段，硬生生摔離鎖木的身體，滾下屋簷。

「……」歌德中了鎖木強力的攔腰斬，身體往左狠狠摔倒，電鋸卻死抓在手裡，高速運轉的鋸刃直截了當沒入屋頂，又濺起無數瓦屑。

鎖木呆呆地看著空空如也的「左手」，邏輯一時無法接受這個事實。

血水從斷裂的動脈爆出，鎖木才從迷離的意識中驚醒過來。

「快塗凝血咒！」書恩大叫，高高躍起，雙手手掌往下對準歌德。

趁著歌德還未爬起，在書恩大風咒的吹襲下，數百顆碎瓦如子彈狂落在歌德身上。

啪啪啪啪啪啪啪啪啪！歌德身上爆起無數黑血，卻不痛不癢似地爬起，單手掄起巨大的電鋸往半空中的書恩一砍。

書恩不敢攖其鋒，立刻以「千眼萬雨」在半空中避開歌德的鋸斬。甫落下，歌德的電鋸又從書恩的頭頂一掠而過，髮絲如屑。

好古怪！明明就是那麼笨重的鋸斬，爲什麼自己避得這麼辛苦？武學境界中，有所謂「以慢打快，後發先制」的巧妙功夫，但這條亂七八糟吵死人的電鋸卻無論如何都不像是任何一種武功招式，根本就是大而不當的莽漢揮擊啊！

書恩的心臟狂起雞皮疙瘩，眼看歌德的大電鋸又揮了過來，模模糊糊中，那條電力永不耗竭的電鋸彷彿切開了自己的精神意識，讓她完全不能喘息。

「不要戀棧！」鎖木大吼，傾注十成功力的剛拳轟向歌德腳下。

磚瓦崩裂，屋頂終於塌下，來不及反應的歌德也跟著摔下寺廟大殿。

第224話

兩個獵命師不敢大意，趁著歌德失足摔下大殿，頭也不回拔腿就往山下跑。

好幾個飛也似的起落後，兩人才在夜色的掩護下躲進音羽山山腰的軍人墓園，在森然林立的墓碑中坐下，稍事喘息。

鎖木暫時鬆了口氣，臉色蒼白地坐下，慢慢運氣守護心神。

書恩連忙檢視鎖木肩膀的斷臂處，只差一點點，鎖木連肩膀也會被鋸開。

「眞是怪物，沒想到那種不像樣的電鋸可以切破我的斷金咒……這下損失慘重。」

鎖木痛得牙齒打顫，看著書恩又寫了幾道凝血咒與續骨咒在自己肩上。

「現在怎辦？你的傷勢……」書恩皺眉，擦著鎖木滿臉的冷汗。

剛剛一時情急，沒想到要把鎖木的斷手給找回來，現在眞要讓這個同伴終生失去左手嗎？如果換成自己，自己早就痛到失去意識了。

「……不打緊，命還留著最重要。」鎖木畢竟是條硬漢，咬著發白的嘴唇回想剛剛的戰鬥，調整喘息說道：「剛剛我的手攔擊了他的腰，卻好像砍到了一條僵硬的屍體，看來他沒有任何痛覺的傳言是眞的了……」

「那怪物算不算是吸血鬼也是個疑問，他根本就不是正常的生物。」書恩靠著冰冷的墓碑，閉上眼睛。

夜裡的凍氣凝結在墓碑的大理石表面，露水沿著石面慢慢滑落在書恩的肩上。

細雨不知道何時停了。

取而代之的，是墓園裡濃濃的白霧。

夜裡的墓園自有種陰森的氛圍，高聳林立的日式墓碑，像石柱叢林緊臨靠攏，每個墓碑之間都僅能讓一個人恰恰迴身而過。白霧穿梭在墓柱間的縫隙，好像有了妖異的形狀。

幾隻烏鴉棲停在墓碑上，不吉利地環顧睥睨。

「歌德的打法完全沒有常理，卻可以猛佔上風，我猜多半是他身上有奇怪的命格，呃……」鎖木痛得很難受，一定要逼自己說話才能集中精神。

「命格……命格……我也感覺到他身上有不尋常的命格棲息，但情勢危急，我根本沒有心思仔細去觀察那命格是什麼。」書恩抓著凌亂的頭髮，心有餘悸道：「他眞的是太恐怖了，我絕對不想再站在他面前一秒。」

一秒？

豈止。

書恩背脊緊貼的墓碑隱隱震動，烏鴉倉皇群飛而起。

霧破。

一道「暴力」炸裂了書恩背後的墓碑，變態的力道將墓碑一切兩半！

電鋸！歌德！

「好痛！怎麼可能這麼快！」

書恩滾地逃開，身上噴射出強大的氣流震開了破碎墓碑出石屑。

「別往後看！逃！」

鎖木一拳擊開飛至眼前的大理石碎塊，一腳奮力掃出，將一塊墓碑上的石墩踢碎，石墩重重砸向突然出現的歌德。

轟！

歌德不閃不避，任憑砲彈般的石墩正中胸口，但歌德只是身軀微微一震，手中電鋸立刻橫掃千軍，不管墓碑是花崗石、大理石、麻石、雲石，歌德就像切豆腐一樣，毫無窒礙地切鋸著墓碑，這種力道已經遠遠超過了電鋸的負荷。

——簡直就是，不可理喻的暴力！

濃霧中，在歌德狂風暴雨的電鋸攻勢下，鎖木與書恩在墓碑陣中沒命似地逃竄，狼狽的模樣根本就不像是威名鼎鼎的獵命師。兩人想破腦袋也不明白，爲什麼走起路來比狗熊還笨的歌德，居然會無聲無息出現在濃霧裡，用電鋸給他們重重的一個措手不及！

今夜葬在音羽山的死人眞不安寧，刻寫著他們名字的墓碑被切成一塊一塊的石豆腐。直切，橫斬，攢刺，歌德的招式根本稱不上變化，卻讓兩名獵命師吃足了苦頭。

「不行，他動作這麼慢，沒道理鬥不了他！」書恩咬牙，身上被碎墓擦破了好幾道傷痕。

「我掩護妳，妳有三秒的時間！臂依我咒，其堅斷金——碎魔斬！」鎖木猛然回頭，唯一的右臂悍然擊碎身旁的墓碑。如此連擊三次，墓碑的三塊破塊精準地砲向濃霧裡的瘋漢歌德。

墓石何其堅硬沉重，連續三塊轟得歌德腳步不穩，手中電鋸登時順勢高高舉起，胸前門戶大開。

「風神來我！氣彈血行！」書恩一陣風般鑽近歌德，雙手閃電拍刺歌德的胸口。

這是書恩的絕招，當手指割裂了歌德的皮膚的瞬間，大風咒猛一催動，指甲縫裡的空氣灌入血管，一點五公分立方的空氣柱，立刻以時速六十公里的高速在血管裡飆行，就像一小截銳不可當的空氣子彈。

目標：腦幹。

書恩一得手，立刻滿地打滾逃開，歌德手中的電鋸劈落時，恰恰被鎖木丟擲過來的墓塊給砸歪了方向，驚險地削飛了書恩幾縷長髮。

硬梆梆的空氣子彈，一路擠壓著歌德僵硬的血管管壁，一眨眼就來到歌德的腦幹。毫無意外，擊碎了歌德的中樞意識。

電鋸嗡嗡嗡嗡呆滯地落在地上，歌德的頸椎仰起不自然的角度，覆蓋在臉上的人皮看著夜空。巨大的身軀猶如站立的石像，一動也不動了。

呼。

即使是披著人皮的未知生物，主宰意識的腦神經遭到內部爆破，還是會當機的吧。仰看著天，這個手持電鋸的殺人狂魔，終於結束了他顢頇殺戮的一生。

「……」鎖木喘著氣，終於鬆懈慢慢跪下。

「結束了嗎……真的結束了嗎……」書恩蜷在地上，全身兀自顫抖個不停。

這兩個獵命師萬萬沒有想到，循著鬭香愁的預言詩來關西京都，等待著他們的，竟是充滿電鋸蹭蹭蹭響、驚悚無比的夜晚。

此時的書恩，終於從滿耳的電鋸聲中回到現實，眼淚不禁流了出來。

鎖木深深吐出一口氣，大失血過後又運氣過度，現在他的腦子昏昏沉沉的，手腳就像灌了鉛，連抬起一吋都覺得很艱難似地。

「笨蛋還不快逃！」

遠處傳來了惶急的叫聲。

筋疲力竭的鎖木還沒反應過來，竟看見歌德不知何時再度舉起了可怕的電鋸，往他的腦袋瓜劈了過去！這個絕對不死的怪物！

書恩完全目瞪口呆，還無法從現實中進入夢幻般的追殺現場，而鎖木甚至還來不及嘆口氣做做樣子，只能看著電鋸的雜然聲響迫近自己的腦袋。

「火、炎、掌！」

一道火焰衝向歌德，像一枚火球彈將歌德整個往後擊倒。

流焰四射中，天空中又落下無數拳頭大小的火球，追擊著倒在地上的歌德。

歌德全身浴火，慢吞吞地用電鋸撐住笨重的身體，試著爬起。

在書恩與鎖木的訝然錯愕中，一道熱情奔放的黑影從天而降，硬是給了歌德熱騰騰的一拳，揍得歌德拿不穩電鋸跌倒。

烏拉拉。

果然在預言裡出現的烏拉拉！

第225話

「好久不見了，鎖木、書恩，最近過得可充實？」

烏拉拉非常隨便地打了招呼，隨即從背上拎出一把武士刀，反手往歌德身上一擲。

武士刀貫穿全身冒火的歌德胸口，牢牢將他釘在麻石墓碑上。

歌德掙扎了幾下，隨即像癱了似，一動也不動了。

書恩站起，還想靠近歌德給他補充性的一擊時，卻被烏拉拉一巴掌抓走。

「別大意，快逃！恐怖電影生存法則第六十二條：如果你好不容易幹掉殺人狂，別站在屍體旁邊，也別放心的丟掉武器，因爲他絕對還沒死。」烏拉拉沒有絲毫猶豫，轉身拉著書恩就跑。

果然，只見歌德脖子喀喀一轉，像是備用電池重新啓動似又活了起來。

歌德身上的殘火突然熄滅成煙，若無其事地將武士刀從自己身上拔出，一股濃稠的黑血汨汨流出，武士刀被噹噹丟在地上。

蹭蹭蹭蹭……歌德掄起電鋸就要開追！

「老天！可以像這樣死了又活，死了又活，死了又活嗎！」鎖木震驚。

逃命沒在顧形象的，鎖木與書恩神色驚惶地跟在烏拉拉後頭狂跑，此時才看見烏拉拉的背後還掛著三把武士刀。武士刀的握柄上閃耀著京都吸血鬼的圖徽，看來是烏拉拉從吸血鬼那裡奪過來的隨手武器。

「喂！你們兩個聽著！」烏拉拉邊跑邊說：「歌德身上的命格是很賤又超難死的『百手人屠』，我昨晚想冒險強行獵走，卻怎麼獵也獵不走，看樣子這傢伙是天生的魔物了，呼！我被他追殺了昨天一整夜才弄懂怎麼對付他。」

全天下獵命師亡命追緝的烏拉拉就在眼前，鎖木與書恩簡直無法意會目前的狀況，腦子都是一團混亂，一時之間不知道怎麼答腔。

「常常看恐怖電影嗎？」烏拉拉往兩墓碑中鑽去。

「還好。」書恩跟上。

「怎麼說？」鎖木大步如風。

「歌德就像是恐怖電影裡的不死肉體派連環殺人魔，好比《十三號星期五》裡的水晶湖傑森，好比《月光光心慌慌》的麥克邁爾斯，好比《德州電鋸殺人狂》裡的沒名字人皮魔，總之就是超級難死，怎麼砍都會爬起來，你以爲他死了他絕對沒有，你以爲獲救了但事情絕對沒有那麼簡單，你想鬆口氣時他會從濃霧中衝了出來……總之就當你是活在恐怖電影裡的倒楣主角，如果想活下去，就得想想你是怎麼抱怨恐怖片裡自尋死路的角色，他們怎麼做你就不要怎麼做……不過也不要太耍帥，因爲恐怖電影生存法則第十九條說：最好不要讓你被追殺的過程太精彩，不然你續集就演定了！」烏拉拉連珠砲說了一堆。

墓園很大，霧很濃，好像這個殺戮迷宮永遠也沒有盡頭。

鎖木的心情很複雜，卻也說不上除了跟著烏拉拉一起逃之外，還能有什麼辦法。書恩的心思倒是簡單多了，她可是專心一意要逃離那把大電鋸。

「你怎麼會突然出現？不可能是巧合吧。」鎖木咕噥了一句。

「突然個屁，你以爲這個電鋸痴漢專程來砍你的啊？他是在追殺我來著，只是他碰巧看見了你們，臨時起意想把你們鋸成四塊罷了。呼，我這兩天在京都大吵大鬧了一番，就是想吸引吸血鬼的主力，卻沒想到會是這個電鋸痴漢鎖定了我，追追停停地陰魂不散，足足追殺了我兩個晚上！」烏拉拉忿忿不平。

「眞是無法想像。」書恩神經緊綳，不時左顧右盼。

「對了，你們怎麼會找到這裡，獵命師……這也不可能是巧合吧？算了，想也知道你們遲早會找到我。」烏拉拉笑嘻嘻，取下三把武士刀中的兩把，分別丟給鎖木與書恩，說：「喏，一人一把，危急時可以拿來擋他一擋，但可別小看他的電鋸，當心……啊，你連手都給鋸掉啦？嘖嘖，斷金咒哪是這麼用的啊，你傻的喔！」瞥眼看了鎖木一眼，猛搖頭。

鎖木與書恩拿著烏拉拉丟過來的武士刀，心中眞覺得眼前這個獵命師通緝要犯眞是沒有概念，怎麼會把武器交給想取自己性命的敵人？

突然，三人左方的濃霧裡，一道黑影輕溜溜劃過。

異狀發生，三人的動作愕然靜止。

鎖木高高舉起武士刀戒備，汗大如豆。

烏拉拉輕輕一跳，蹲在墓碑上，右手摸著肩上的武士刀。

黑影持續在濃霧裡移動，不安的氣氛壓制著同舟共濟的三人。

「得看個清楚。」書恩深呼吸，催動大風咒，左手輕飄飄拍出一掌。

掌風如箭，將左方的濃霧破開一條窄縫，開了三人的視線。

「喵。」

濃霧的深處，原來是一隻貓。

正當書恩與鎖木稍微鬆懈的時候，烏拉拉卻突然拔出武士刀，手指閃電在拔刀的瞬間於刀鋒上一擦，指皮劃破，血水順勢在刀身飛塗上龍飛鳳舞的火炎咒，朝著書恩暴擲過去！

「太大意了，原來這小子的目標是我……」書恩呼吸冰冷，卻見武士刀從自己的耳際擦劃過去，噗地發出沉悶的刺響。

猛一回頭，書恩看見不知何時埋伏在自己背後的歌德，被武士刀貫釘身軀，重力加速度的力道迫使歌德雙腳微微騰空，無法劈下電鋸。

書恩嚇得趕緊以滑壘的姿勢逃開，完全無法理解歌德怎麼會出現在那裡。

「恐怖電影生存法則第十條：如果妳在尋找奇怪聲音的來源時發現那只是一隻貓，馬上離開那裡……如果妳還想要活命的話。」烏拉拉看著書恩，眼神頗有責備笨蛋之意。

書恩面色發青，摸著臉頰上的割傷。烏拉拉剛剛那一擲，原來是自己的救命飛刀，自己卻讓不好的念頭在腦子裡轉了一圈。

武士刀上的火炎咒一接觸歌德的身體就激烈炸開，火焰從裡裡外外吞吐燃燒著歌德巨大的身軀，但歌德的電鋸卻兀自蹭蹭嚎叫，踏步往前亂斬。

夜墓崩嚎，烏鴉驚飛，好一個絕對不死的殺人魔！

「兩位刀借我！」

烏拉拉飛踏墓碑衝向歌德，沿路接過鎖木與書恩拋高的武士刀，在接近歌德時拔身高高躍起。

雙刀從半空中瞄準狂舞電鋸的歌德，烏拉拉在空中以倒立的姿勢，非常果斷地來上一記角度精確的雙刀迴旋斬！

「你這個慾火焚身的大變態！看刀！」

烏拉拉左手武士刀被電鋸狠狠切開，卻也硬是盪出了一道空隙，右手武士刀隨離心力破風一斬！

唰！

歌德的腦袋乾淨俐落地被斬落，偌大的、縫蓋著噁心人皮的頭顱，就這麼給烏拉拉斬飛到二十幾公尺遠，撞上半截墓碑才落下。

烏拉拉一落地，就將僅剩的一把武士刀丟給只剩一隻手的鎖木，說：「你只有一隻手，再亂用斷金咒你就只好去當口足畫家了。」

鎖木與書恩尷尬地看著這位「救命恩人」，這下又更尷尬了。

「這下子總死了吧？」鎖木吞了口灼熱的口水，看著沒有了腦袋的歌德。

歌德渾渾噩噩地呆站著，抓在手中的電鋸緩緩垂下，反覆蹭鋸著自己的鞋子。

「恐怖電影生存法則第一條：如果你覺得你好像殺了怪物，千萬別回頭看他到底死了沒有。」烏拉拉搖搖頭，失笑道：「我昨天砍了這傢伙的腦袋兩次，這傢伙卻還是再接再厲把頭撿起來裝在自己脖子上，他媽的，我看只有離開『百手人屠』的有效範圍，不然就只有法則第七十條，也就是最後一條可以救我們了。」

撿起自己的頭，再裝回去？雖然這已經太超過了吸血鬼的生存能力，但既然事實擺在眼前，那麼好歹有個辦法可以拖延時間。

「我去把他的頭丟遠一點，馬上回來！」書恩說完就要離去，卻被烏拉拉一把抓住。

烏拉拉的手勁很大，書恩痛得立刻甩脫。

「妳如果只是靜悄悄走去丟腦袋也就罷了，但是！但是！恐怖電影生存法則第三條：千萬不要說妳馬上回來……因爲妳不會！」烏拉拉大叫，一臉懊惱：「當獵命師有這麼忙嗎！這個世界上的獵命師難道只有我看過一缸恐怖電影嗎！爲了去撿別人的頭把自己的頭給丟了怎麼辦！」

「是不是……眞的這麼恐怖？」書恩出奇地沒有氣惱反駁，可見她有多害怕。

烏拉拉抓起一塊碎裂墓石，狠狠將歌德沒腦袋的身體給砸倒，希望可以再拖延一點時間。

「妳跟把人皮縫在臉上的變態談什麼邏輯！快點逃了啦！恐怖電影生存法則最後一條——」烏拉拉大叫：「只要天還沒亮，一切就還沒結束！」

第226話

天已湛藍。

當初晨的第一道曙光照在清水寺殘敗不堪的廟頂時，三個獵命師全都累癱了。

經過一整夜的變態追殺，三人傷痕累累，大字形地躺在偏殿廟頂上喘息。

最後看見歌德的一眼，歌德是被烏拉拉的火炎掌灌進嘴裡，火焰從他的後腦噴炸出，同時鎖木趁機狠狠攔腰一踢，將歌德的脊椎骨喀喀掃斷，然後書恩一言不發，將歌德手中掉落的電鋸丟到山谷裡。

這是三人今晚第九次將歌德狠狠擊敗。

結束了嗎？沒有人會懷疑電影裡的殺人魔為什麼老是打不死，或為什麼老是有一把絕不斷電的金頂電鋸。於是三人一邊哈哈大笑一邊抱著肚子逃走。

……是的，哈哈大笑逃走。

說起來，這已是烏拉拉第二次跟鎖木與書恩碰見，兩次都是烏拉拉救了他們。

三隻靈貓呆呆地看著日出，金色的曙光劈開雲層，一線衝耀著三人。

三罐烏拉拉從危急中抽空投買的飲料，被三人脫力顫抖的手不穩地抓著。

許久都沒有多餘的話語，因爲沒有人知道該說什麼好，或是該從何說起。

鎖木很清楚，自己跟烏拉拉無怨無仇，奉命追殺，不過是組織的命令而已。

但烏拉拉怨得了誰呢？

這個世界上，原本就不存在便宜全佔的好事。

任何決定都得付出相當代價，即使是競獵天下奇命的獵命師也逃不過。

書恩看著悠悠白雲，不意瞥見因爲太累逐漸在一旁睡著了的烏拉拉。

這傢伙，居然在敵人的旁邊睡著了？

真以為大家合力抗敵一個晚上，就可以改變得了他身上的命運嗎？

現在我只要往他的頸動脈一刺，就結束了所有獵命師的任務！

他這麼大意，難道是看不起人嗎？

烏拉拉的鼻息粗重，嘴角流出口水，微微打起鼾來。

混蛋！

握緊了拳頭，書恩突然發覺，烏拉拉的形狀開始扭曲、模糊不透明了起來。

一滴好久不見的淚水，從書恩的眼角裡慢慢淌出。

世界再度清晰。

書恩想起了她的弟弟。書史。

「眞的很羨慕。」

鎖木看著天空，突然開口。

書恩不敢回問，因爲她的淚水哽咽了她的聲音。

「我有個妹妹，跟我相差三歲，很可愛，我們合養了一隻拉不拉多犬。」

書恩聽著。

「有時候我忍不住會想，如果我早幾年知道獵命師一族的詛咒，我有沒有那種勇氣……跟我妹妹與祝賀者浴血一戰呢？每次，我都不敢繼續往下想。」

書恩聽著。

「後來，這兩個兄弟辦到了……他們眞的很放肆地辦到了……」

書恩聽著。

「我啊，眞的是很羨慕呢。」

書恩聽著。

「說到底，我們全都是因爲嫉妒。」

書恩聽著。

「時光倒流，我眞希望被追殺的，是我跟妹妹……」

書恩聽著。

她的眼淚，早已爬滿了整張臉。

無限的悔恨，籠罩在所有獵命師的心底。

沒有人願意面對，只能深埋，只能紀律。

……然後，對願意挺身對抗的人施以報復。

那是嫉妒。

痛苦的，無以復加的嫉妒。

GPS手機響起。

鎖木看了看發信來源，是兵五常。

「喂，這裡是鎖木。」

「烏拉拉呢？據說前晚在京都的案子就是烏拉拉做的，你們人在京都……」

「沒錯，我們果然等到了烏拉拉。」

「結果呢？」

「被逃走了……不，應該說，我們打不過他。」

「可惡！知道那臭小子會往哪裡去嗎！」

「不知道。」

鎖木掛掉電話，慢慢站了起來。

書恩擦乾眼淚，拉著鎖木唯一的右手站起。

「走吧，不能跟敵人同枕而眠。」

鎖木看著熟睡的烏拉拉，嘆氣：「這是，我們唯一的尊嚴。」

□

兩人兩貓走了，留下烏拉拉一路睡到中午。

醒來時，烏拉拉發現身邊擺滿了豐盛的高熱量食物。

換上了「天醫無縫」，烏拉拉咬著三明治，大口灌著牛奶。

若有所思。

「我說，人生就是不停的戰鬥啊。」

〈我乃，兵器人〉之章

第227話

城市管理人走後，又過了好幾十個渾沌的晝夜。

陳木生手中的敗亡兵器，已來到第五十一把，極其沉重的長柄砍刀。

這把長柄砍刀用精鐵冶鑄，重達八十二斤，光是抓住它不讓身體搖晃就是一門硬功夫，遑論將它使得虎虎生風。長柄砍刀的刀身爲一寬口鋸狀，握柄上一條青龍遊走抓附，隱隱刻著掉了紅漆的「冷艷鋸」三個字。

陳木生是個笨蛋，但他從這把長柄大砍刀的造型與材質上觀察，認爲必定是把頗有歷史的古兵器。

此刻，陳木生正扛著冷艷鋸，站在一頭擁有七條鎖鏈尾巴的猛虎前。

一個時辰前，這裡還有百來隻咒獸的軍隊。

現在，只剩下最恐怖的王者。

「呼，就剩下你了，你這個老虎跟狐狸亂交配的怪東西。」陳木生全身的汗水，不斷被灼熱的內力蒸發成煙。

猛虎輕聲低嘶，七條尾巴各有自主意識地攻擊陳木生，殺招快速絕倫。

陳木生冷靜格擋、閃躲，卻因爲冷艷鋸太過巨大，偶爾來不及保持適當的攻防距離，猛虎的鎖鏈尾巴就會穿過兵器的防禦，重重抽打在陳木生身上。

原本這抽打的勁力會將陳木生的五臟六腑都抽嘔出來，但說也奇怪，不知道是鐵布衫的功夫更上一層還是另有奇因，陳木生只是覺得隱隱作痛，連一分意識都沒有喪失。

「看樣子是有比較難搞，誰家養的快來領回去！」陳木生開玩笑地盤架起冷艷鋸，大開大闔地劈砍過去。

唰唰一砍，聲若奔雷。

七尾猛虎動作迅捷，再度閃掉了陳木生的砍劈，冷艷鋸狂霸地斬在石階旁的大石上，石屑崩碎四射。七尾猛虎一個猱身衝刺，又還以十倍的快尾攻擊。

啪、啪、啪、啪、啪、啪、啪、啪！鎖鏈快尾將陳木生震刺得東倒西歪。

用了這麼多兵器，陳木生感覺到這柄冷艷鋸非常不適合用在單打獨鬥上，拿來衝鋒陷陣、大肆破壞兵陣的狂暴攻擊卻非常有用，剛剛一口氣面對幾十隻咒獸的圍攻時，一次豪邁的迴斬就可以掃掉好幾隻蠢蠢欲動的咒獸。

而這隻七尾猛虎皮堅肉壯，冷艷鋸沒有直接砍中牠的身軀，牠就只是低嘶承受，不好應付。

「冷艷鋸的長度大大提升了揮擊的軸距，卻也限制了回防再攻的頻率，乖乖的麻煩……每次一砍落空，就要花更多時間才能再砍出下一刀。」陳木生喃喃自語。

這是他近日持兵作戰的笨習慣，好像不把話說出口，自己就無法領略似地。

言語間，一道銳風撲面，陳木生趕緊轉頭避開，喉嚨竟險些遭到猛虎的尾巴戳刺，但手中笨重至極的冷艷鋸卻只回防到一半。

「他媽的，使這種直來橫往的大兵器最好跨在馬上，居高臨下看得清楚，才能發揮兵器所長啊！」陳木生罵道，臉頰裂開一道焦黑，臭味漫漫鑽進鼻腔裡。

自己這一講完，陳木生登時領悟。

「好啊！原來這兵器得這麼使！」陳木生氣沉左腳，右腳往前輕輕一步，左腳跟著重重一踏，身子登時高高騰起數丈。

冷艷鋸，牢牢地抓在陳木生的手上，高舉過頭，刀眼遮日。

原本四處跳躍的七尾猛虎本能地抬起頭，被陳木生的氣勢給狠狠壓制在地，一瞬間，好像有一萬個陳木生同時來上這麼一擊。

「七條尾巴，但腦袋只有一個！」陳木生大吼：「砍掉重練吧！」

冷豔鋸斬下。

天地一分爲二。

雲崩石碎，七尾猛虎化爲翩翩紙蝶。

陳木生半跪在地上，看著砸進石階、狠狠陷出一條黑縫的冷豔鋸，心中不禁感嘆兵器的恐怖。

這些日子來他早已摸索出將內力灌注進兵器的方法，連九節棍跟軟鞭也難不倒他，手中直挺挺硬梆梆的冷豔鋸，更能將他的內力毫無阻礙地施展出來。精純的內力加上兵器的無堅不摧，將陳木生原本的力量快速放大，達到一擊削天的地步。

人沒有兵器，還能不能這麼強？陳木生感嘆。

牙丸禁衛軍的副隊長阿不思，肯定就是從她以前使用過的大斧頭裡，悟出以拳化斧的武學奧義，才能劈出那恐怖絕倫的那道裂縫……自己要到那種境界，不知道還要多久。

「喂！臭老頭！這把叫冷艷鋸的長柄砍刀我好像在哪看過，是不是有什麼典故啊？怎麼看都像把老古董！」陳木生扛著笨重的冷艷鋸，大聲嚷嚷走到青井旁邊想打水沖身，卻沒看見J老頭。

自從上次城市管理人離去，J老頭的脾氣就開始浮躁了起來，常常默不作聲好幾個時辰，或是一個人侷促地走到木造庭宇後的小院子張望再三。陳木生看不過去，大剌剌地頂問了幾句，卻始終得不到答案。

「真不知道那臭老頭到底在不爽什麼，最近摺出來的咒獸都長得太任性了。」陳木生抓起一桶藍水，咬牙沖身，焚筋煎骨的痛楚再度逼出陳木生的眼淚。

忍耐著痛到想跪下的軟弱，陳木生看著身上的焦黑傷痕快速癒合。

「好像沒有那麼痛了，果然什麼事都可以習慣，馬的，如果跟敵人打到一半突然這麼哭出來，肯定會氣到想殺死自己。」陳木生擦掉不倫不類的眼淚，真痛恨自己的淚腺為何這麼發達。

第228話

此時，J老頭全身瑟縮在木造庭宇的小後院，一株大樹的樹洞裡。

樹洞被咒封印，即使是陳木生站在樹洞的面前也看不到J老頭。

對J老頭來說，這幾十個晝夜的感覺是無比殘酷，痛苦煎熬的。

儘管已經走進了「道」的境界，其咒的異能力甚至可以在結界內咒化出虛構的白晝風景，但J老頭仍是個活生生的吸血鬼，一個，需要渴飲人血方能生存的吸血鬼。

J老頭無法依賴咒術「無中生有」人類的血液，依照他的宗師地位J老頭也不可能在打鐵場裡豢養人類建立血庫，所以定期都會有隸屬牙丸禁衛軍的特殊使者，依照「尊養白氏貴族」的條例，從結界外丟幾個活人進來供J老頭食用，而J老頭就是在木造庭宇後的小院子裡，開啟結界的洞口拿取被麻醉的生人。

殘忍進食生人的過程，有失大匠風範，J老頭絕對不允許被其他人看見，連他苦心栽培的「兵器人」陳木生也不例外。

而現在，那些使者全都停止活動了。

原因？

想必是因爲城市管理人透過各種交易，停止了牙丸禁衛軍供應生人的例行活動。即使牙丸禁衛軍被嚴令禁止與城市管理人接觸，但根本無法眞正被執行，要知道在組織龐雜的牙丸禁衛軍裡，可不只一個阿不思。

「喂！臭老頭！我在問你冷艷鋸有什麼典故啊！」陳木生在前院大聲嚷叫。

聽不見，J老頭聽不見。

J老頭像隻剛淋過雨的小黃雞，蜷縮在黑暗幽深的樹洞裡，全身發抖地盜汗。乾癟的、刻滿無數烙疤的、雞爪般的手指，歇斯底里地抓著臉上凹凸不平的皺紋。

好幾百年了，身爲技藝精湛的白氏貴族，J老頭沒有歷經一時半刻的飢餓，現在連續幾十日都沒有嚐到一滴人血的滋潤，巨大的飢餓襲擊了這個老吸血鬼養尊處優的胃，以及養尊處優的精神意志。

這是一場飢餓與自尊的拉鋸戰。

沒有經歷過這種強烈的飢餓，別輕言自尊的重量。

好餓……為什麼空空的胃袋裡，好像有一團火焰在燃燒？

是活人的氣味……混帳……

是那個臭小子……是那臭小子……

真想撕開那臭小子的喉嚨……

不行，不行……

虎毒不食子，身為兵匠，豈有親手毀掉武器的道理……

面對不知道終點的飢餓，J老頭的自尊就如植物細莖一樣脆弱，他的精神意志就如同洋蔥的透明鱗莖，層層被飢餓擠壓、脫落。

最後必然只剩下赤裸裸的慾望。

什麼煉魂瞳？什麼鍛氣瞳？在深邃無底的飢餓前，完全不值一哂。

J老頭所學習的「道」，只能嚴峻地、勉強緩和自尊剝落的過程。

而漸漸失去正常意識的J老頭，完全不知道陳木生即將壞了他的大計……

第229話

吃完了紙僕送過來的飯糰，陳木生百無聊賴地坐在藍水凹槽上，看著沉默是金的烏霆殲。

烏霆殲這兩天臉色有異，兩條眉毛好像正往中間聚攏，就表情上看來豐富多了，斷掉的右手腕前常常冒起一陣沒有固定形體的火焰，蒸騰著周遭的藍水，不曉得是不是J老頭所說的「命格兵器」。

「到底我身上的命格是怎麼回事，你醒來可得清清楚楚告訴我啊。」陳木生又伸手進藍水，用力拍拍烏霆殲的臉。

少了J老頭這個吐槽的好對象，藍水裡這可能很強悍的「準夥伴」卻又老是眠眠不絕，剛剛狠狠打完一場架的陳木生自是無聊至極，眞想找點事做。

「幹什麼躲起來啊？喂，臭老頭，我要進去了喔！」陳木生扛起冷艷鋸，在木造庭宇外大吼大叫。

當然沒有回應，只見一盞薰香吊在牆垣上，靜靜地焚著。

「怪了眞是，不是說一千年不准離開這雞巴大的結界嗎？臭老頭是又能躲到哪裡去？」陳木生揉著肚子，打了個呵欠道：「這個老頭最近到了週期性的更年期嗎？老是在裝憂鬱……」

外表精緻小巧的木造庭宇，是陳木生一步也不曾踏進去的神祕地方，J老頭曾再三警告陳木生，無論如何都別想將他的臭腳趾頭沾到裡頭一丁吋，否則便要他橫著出去。陳木生猜想裡頭多半有個擺滿了無數敗亡兵器的大櫃子之類的地方，不然J老頭怎麼可以從裡頭不斷拿出各式各樣的兵器供他使用？陳木生好奇地站在庭宇前往裡張望，心中生起一股惡作劇的念頭。

J老頭越是不讓他接觸到的東西，他越是有興趣，就算只是看了某樣J老頭不給看的東西，陳木生就可以想像自己那笑得誇張的嘴臉。

「不出聲，那我也沒辦法啦！」陳木生笑嘻嘻地，大搖大擺走進木造庭宇。

陳木生大剌剌地在房子裡逛大街，漫不經心觀看著房子裡的擺設。

牆上掛著一幅又一幅兵器的設計構造圖，每一張都是改了又改、線條凌亂，有些還標明浸泡在藍水裡的時間，或是爐火大小的控管。

櫃子裡存放有許多發黃的大大小小卷軸，卷軸上的字體有日語、華語、大不列顛語、日耳曼語，甚至還有古希伯來文，裡頭都是J老頭的翻抄，記載著東西方古代武術的拳理與兵器製造的方法，甚至還有太古兵器的種種傳說。看來J老頭爲了要成就兵器，鑽研了極爲龐雜的資料，他所說的知己知彼百戰百勝，並不是空洞的宣言。

陳木生好奇不已，將冷艷鋸靠在肩上，站在卷軸堆前尋找有無鐵砂掌的資料，心裡想著下次進入結界前，應該拿把自動步槍、火焰噴射器或是手榴彈之類的現代兵器，給J老頭睜眼瞧瞧現在的世界有多麼殘酷。

翻著翻著，還沒找著鐵砂掌的資料，陳木生卻先瞥見了螳螂拳的拳譜，心中一陣感傷與激動，正要把螳螂拳的拳譜抽出來時，卻突然發現周遭的薰香怎麼這麼濃郁。

本能地一轉頭，陳木生看見牆桓上的薰香正吞吐著大量的煙霧，濃郁的香氣正是從那裡給焚出來的。煙霧像一條蜿蜒的白色巨蟒，頃刻間已流轉了整個房間，張開柔軟的嘴顎將陳木生給吞進霧濛濛的胃裡。

殊不知，當陳木生這一腳踏進木造庭宇的瞬間，某個可怕的咒已悄悄啓動。

第230話

四周圍的兵器設計圖突然鏗鏘鳴放，發出真實的兵器聲響，震耳欲聾。

設計圖上凌亂草繪的兵器好像要掙脫不確定的線條構造，摔射出來似的。

整面牆，都快被兵器發出的殺氣給崩垮。

「不妙，是幻覺。」陳木生心生警覺，鼓起內力強自拉緊心神。

但白氏貴族的幻術咒語，可是無孔不入的絕藝，即使事先做好了防範也無法擺脫幻術的襲擊，更何況是在J老頭佈置的絕對防禦裡。

隨著濃郁的焚香搔起了陳木生身上的百萬毛孔，白色煙霧流捲了陳木生的意識，將他的心靈帶往另一個世界。

專屬於，闖入者的幽冥國度。

白色煙霧完全遮蔽了一尺以外的視線，陳木生屏住氣息，抓起冷艷鋸輕輕揮了幾下，想將白色煙霧給撥開看個清楚，卻徒勞無功。所謂的煙鎖重霧，不外如是。

轟雷般的兵器響聲嘎然而止。

好像已沒有房子的障蔽，四周是寂靜空曠的荒蕪大地。

煙霧的深處，傳來了一陣高亢的輕嘶。

「馬？」陳木生愣住。

沒錯，是馬。

馬蹄聲重重踏在地上，自遠而近，銳步逼人。

「哪來的馬？」陳木生駭然，四周的煙霧退散。

不，不是退散。

而是被來自前方，一股前所未有的狂霸氣勁給強行突破。

遠處一點紅。

紅色的，有若全身浴血，火焰一般的戰馬。

馬的踏啼呼嘯了風，震動了大地。

彷彿有一旅百萬雄師跟隨在戰馬之後，卻只見馬背上的一柄蒼白長戟。

霸者橫攔，無極處。

「好強……」陳木生手中的冷艷鋸，握柄傳來寒透指骨的冰冷。

夾帶著複雜的恐懼，與難以忍受的悲傷興奮。

「這個世界上，竟然會有這麼強的怪物……」陳木生不由自主，流下了恐懼的眼淚，無法克制地高高舉起手中的冷艷鋸。

完全贏不了。

完完全全，贏不了。

陳木生此刻方明白，這個世界上，真有無論如何都達不到的境界……以一百倍的努力，一千倍的努力，都無法企及的武學境界。那是庸者一輩子都得高仰脖子，欣羨地、畏懼地、虔敬地獻上臣服頭顱的領域。

高高舉起冷艷鋸，是陳木生呼應火紅戰馬的主人，唯一的方式。

煙破散，大地清明。

遠處的一點紅，已經變成一團狂暴的火。

「青龍偃月，好久不見！」

戰馬的主人大喝，內力震得陳木生完全清醒。

戰馬的主人舉起手中長戟，銳氣賁發，世間狂者莫過於此。

馬中赤兔。

人中——

呂布！❹

❹溫侯呂布世無比，雄才四海誇英偉。護軀銀鎧砌龍鱗，束髮金冠簪雉尾。參差寶帶獸平吞，錯落錦袍飛鳳起。龍駒跳踏起天風，畫戟熒煌射秋水。出關搦戰誰敢當？諸侯膽裂心惶惶。（三國演義第五回：發矯詔諸鎮應曹公，破關兵三英戰呂布）

第231話

滾滾長江東逝水，浪花掏盡英雄。
是非成敗轉頭空。
青山依舊在，幾度夕陽紅。

三國。
中國歷史上群雄爭霸最激烈的時代，兵與民在短短一百年，死傷數百萬。
紅了黃河，血了長江。
有道是：黑暗時代，參見英雄。
無數神鬼軍師、龍虎猛將誕生在此黑暗時代，踩踏著無數枯骨。
誰強誰弱，關乎天時命運，關乎所屬軍閥，無法一語定論。
但沒有人會懷疑兩個英雄在這個時代，所綻放出來的最狂熱光芒。

軍師者，乃天才獵命師，諸葛孔明。
猛將者，乃萬夫莫敵的戰神，呂布。

在呂布的方天畫戟下，沒有殺不死的鬼神佛魔。
三國英雄，勇猛絕倫者，呂奉先第一！

「青龍偃月，怎麼是這麼個弱者將你拿在手上！」
呂布狂喝，赤兔馬躍起，方天畫戟猛地往陳木生的頭頂刺落。
時間在此時失去了意義，只剩下戟尖的一枚寒光。
呆呆的陳木生感覺大限已到，死在如此強霸者手中，竟沒有一絲遺憾，然而手中的冷艷鋸卻在方天畫戟瞬間接近時，發出痛苦的悲鳴。
冷艷鋸想起了它在上一個主人的手中，有個豪氣萬千的名字：「青龍偃月」。而它的主人，正是在三國時期義薄雲天的關雲長。

兩千年前，虎牢關三英戰呂布，關雲長手持青龍偃月，與燕人張飛手中的丈八蛇矛、佐以劉備插花的雙股劍，聯手與無敵的戰神鬥成旗鼓相當。

而現在，它的主人竟是瞠目待死之輩，怎能不教亟欲想與方天畫戟再爭雌雄的青龍偃月悲慟不已呢？它的主人甚至還飆出淚來！

戰吧！主人！

戰吧！我願意為你戰鬥到鐵骨寸裂，金曲刀折。

戰吧！讓我的靈魂崩裂在你的手上！

戰吧！

戰吧！

強大的、悲愴的戰意，從握住青龍偃月的雙手海嘯般狂湧進陳木生的心底。

「那便戰吧！」陳木生眼淚蒸散，迴光返照。

青龍偃月在最危急的時刻傾力揮出，與方天畫戟燦爛交擊。

迸發出，跨越兩千年的英雄花火。

「好一個那便戰吧！」

花火未散，赤兔馬已一陣風過。

只是一擊，呂布精純無匹的內力就震得陳木生如稻草飛出，亂七八糟地摔在地上。陳木生胸臆如絞，重重吐出一口濁氣。

「再來過！」呂布獰笑，倒拖方天畫戟再度揚馬復返。

倒拖在手上的方天畫戟氣勁張狂，隔空在地上刻出一道慘烈的戟痕。

此刻灰頭土臉的陳木生根本無暇去想，怎麼會在此地遇見兩千年前的古戰神？他只有提振精神，將苦練鐵砂掌鍛鍊出的強大內力，迅速從丹田抽染全身，與手中的青龍偃月合而為一。

看著刀刃上捲曲翻起的缺角兀自冒著焦煙，陳木生可以感覺到，青龍偃月冰冷的精鐵金屬裡燃起的興奮。

「好濃烈的興奮，這就是兵器他媽的偏執吧！」陳木生咬牙。

「看你能接我幾擊！」呂布巨大的身影欺近，方天畫戟揚起。

──然後如耀眼的青雷奔落！

接不了就躲，是再明白不過的道理。

但陳木生知道，手中的青龍偃月絕對不想錯過與方天畫戟一較高下的機會。

「就依你！看是你先裂開！還是我先死掉！」陳木生暴吼。

鏗鏘交擊！

陳木生運起十足的內力，奮力抵受呂布這一擊，左腳重心曲踏出，右腳保持平衡，那姿勢就像棒球打擊手拚命揮大棒的模樣，瞄準方天畫戟的來勢揮出想像中的全壘打。

不存在的塵沙揚起，一股強氣自陳木生的背脊穿出，破開了他的衣服。

但陳木生並沒有像剛剛那樣給胡亂震飛，他硬是站住了。

陳木生氣血翻湧，青龍偃月強大的震動持續不歇，幾乎撕開了他的虎口。

刀刃上，又捲開了一道興奮的傷口。

「我……還夠意思吧？你自己先掛掉……可別怪我沒抓好啊！」陳木生牙根都咬出

血了，還掄起青龍偃月，等待呂布策馬再來交鋒。

「大膽！見到戰神還不跪下！」呂布英姿煥發，如天神般的驕傲模樣。

但這種居高睥睨的姿態，正是陳木生最最痛恨的敵人典型。

「跪你娘！」陳木生的氣魄全給激出來。

「跪下！」呂布兩腿夾住馬腹，方天畫戟刺出。

巨大的兵器撞擊聲中，一道銳利的勁風吹過陳木生的臉頰，割出焦紅的傷痕。

那是青龍偃月無以爲繼的破片。

洪水般的巨力令陳木生眼前一黑，青龍偃月被左手單手抓住，刀刃重重摔在地上，剛剛差點就「甩棒」脫出。

陳木生雙膝幾乎就要跪下。

但他沒有。

因爲他手中垂垂老矣的青龍偃月，即使遭遇了如日中天的方天畫戟，也只是裂出一道口子，沒有整把分崩離析。

呂布輕蔑地揮舞完美無缺的方天畫戟，策馬復返又是一擊。

而陳木生，當然是用青龍偃月連續揮出猛烈的全壘打。

「跪下！」

「跪你娘！」

「跪下！」

「跪你娘！」

「跪下！」

「跪你娘！」

如此縱馬來回，呂布連續又與陳木生對轟了三次，陳木生每一次接過一擊，揮出一棒，膝蓋距離地面就靠近了一寸。

呂布像把大鐵鎚，而陳木生就像一枚小釘子。

鐵鎚猛敲猛釘，沒有休止地去又復返，一次比一次蠻橫狂暴。

釘子的下場，不是被硬鑿進木板裡，就是給狠狠地釘歪，從此報廢。

每次看著青龍偃月捲曲的缺口，陳木生都很訝異自己竟然沒有昏死過去，畢竟自己以前作戰的對象——咒獸，可不是呂布這種瘋狂強的等級。

咒獸都可以偶爾把自己咬到昏過去，現在自己還能清醒，完全是一場奇蹟。

呼吸著赤兔馬揚起的霧塵，陳木生忿忿不平著呂布騎著馬、居高臨下對自己衝殺的優勢，加上赤兔馬瞬間爆發的來勁，自己承受的力道就更猛烈了。

等等……居高臨下？

「他媽的我怎麼忘了！還在這裡跟你打棒球！」

陳木生猛然想起自己今天領悟到的，正確的青龍偃月殺法。

呂布騎馬奔來，強氣逼人的方天畫戟加上赤兔馬的衝擊力，就如同一輛時速三百公里的子彈列車。硬擋硬，最後只有被碾過的分。

「跪下！」呂布睥睨。

「少用那種眼睛看我！」陳木生雙腿聚力，將青龍偃月高高舉起。

就是如此！

陳木生抓好時機，在呂布接近的前一刻縱身而起，在半空中用極漂亮的角度，朝騎在赤兔馬上的呂布，狠狠地斬落！

「哈！」

呂布氣定神閒，倒轉方天畫戟的去勢，往上硬接下了陳木生的優勢斬擊。

赤兔馬原本就是萬中選一的神騎，陳木生斬下的巨力被牠概括承受，也不見腿骨有絲毫的顫抖，只不過奔勢微微受挫而已。

「現在換我當鐵鎚啦！」陳木生一落地，立刻沒命似地又跳起來。

青龍偃月在青天之上，拔起一道氣旋，刀眼不可輕侮地俯瞰著方天畫戟。

「釘死你！」陳木生沒有花俏的招式，就是當頭霹靂一斬。

「倒數第二擊！」呂布單手一劃，戟頭直接架住暴吼落下的青龍偃月。

兩柄絕世兵器互相咬住，讓主人們的內力在中心點嘶咬拚殺。

陳木生的身形在半空中劇震，肩膀幾乎就要脫臼。

若不是在打鐵場裡密集地苦熬，熬出比以往強大數倍的精純內力，陳木生在空中無法運用武學裡的「消散卸勁」技巧，硬拼這一擊定要筋裂斃命。

陳木生落下，手中青龍偃月奮力插進地面，撐住搖搖欲墜的身體。

赤兔馬迂迴急奔，呂布冷冷看著幾乎要趴倒在地的陳木生。

陳木生消失。

！

一股強大的興奮暴風出現在呂布的頭頂上。

陳木生不可思議地再度跳起，準備以更可怕的高度，直直往下一劈。

如劈柴般的拙劣一斬，卻將是蜀龍最奮力的咬擊！

「最後一擊。」呂布掄起八成的內力，斜斜往上刺出方天畫戟。

方天畫戟有如一道白色的閃電。

逆發的，自地凌天的白色閃電。

龍與閃電的對決。

半空中，陳木生卻陷入無言以對的沉默。

因爲他雙手緊握的青龍偃月，刀刃上捲曲翻起的裂口突然爆開無數道白色的戟氣，戟氣在刀身與握柄上瘋狂蜿蜒爬行，像悲傷的蜘蛛網般，瞬間將整把刀瓦解崩碎。

青龍偃月。

半空中，陳木生看著手中逐漸化成無數碎片的青龍偃月。

原來，一直都是青龍偃月幫自己承受了巨大的衝擊，自己才能安安穩穩握住它，與戰神呂布盡情酣戰。

而現在，青龍偃月在自己手中錯愕地走向毀滅。

龍與閃電的最後對決。

龍竟然在關鍵時刻前，愕然缺席了。

悲傷嗎？

陳木生傻傻地笑，雙手還虛握著不存在的青龍偃月。

他所能做的不多，恰恰只是幫煙消雲散的青龍偃月，砍下他英雄未竟的一擊。

方天畫戟囂張地化爲一道白色閃電，就像是呂布臉上不屑的笑。

面對這道白，陳木生還有話說。

「看著，青龍偃月！」

陳木生居高臨下，劈出不存在這世界上的絕世兵器。

閃電一驟而逝，卻沒有刺穿陳木生的鐵布衫，將他的靈魂釘在半空中。

因爲呂布身上的戰甲裂出一道難看的創口，鮮血從裡頭洶湧噴出！

第232話

陳木生像隕石般墜落，身上殘餘的交鋒戟氣悍然從他的腳底下爆開。

「……」陳木生顫抖的雙掌灼熱地冒著白煙，拄著凹陷的大地。

剛剛，呂布仰著頭，看見了難以置信的奇景。

就在陳木生毫無理由地往下「一劈」時，呂布的方天畫戟被強大的「某種物體」給震開，「某種物體」在那瞬間隱隱約約具有短暫的，氣化的形體似地。它不僅震開了方天畫戟，還切破了呂布驕傲的戰甲。

那種東西……

呂布的戰甲鮮血淋漓，眼神冷峻異常。

陳木生氣喘吁吁，回想自己剛剛莫名其妙地「斬擊」。

絕對不會眼睛看錯，也不會是感覺失誤。

就在那一擊的生死瞬間，自己的肉掌的確劈出了青龍偃月的「魂魄」。

那是青龍偃月亟欲完成的壯舉——與中國第一戰神的方天畫戟，一較生死的悲願。藉著陳木生的手，毫無罣礙地完竟了。

「好傢伙，瞧你在呂布身上砍的這一刀。」陳木生拾起地上的青龍偃月碎片，牢牢握在掌心，直到精鐵被鐵砂掌的超高熱融成了銀色的鐵淚。

在此之前，陳木生從未想過短短的與呂布一戰，竟讓他對兵器的想法整個扭轉，生起英雄惜英雄的悲壯感。那是多麼有意思的並肩作戰啊！

赤兔馬停了，戰神破損的盔甲底下，散發出恐怖絕倫的霸氣。

遠遠地，方天畫戟直指陳木生，戟身不動，像是做了死亡的預告。

「小子，你是不是傻了？」呂布冷眼說道：「從剛剛到現在，我都只用一招，單調到讓你只需要把雙腿撐好就能應付的一招。我承認你很有一套，但從現在開始，幸運的時間結束了。」

他說的沒錯。

「現在，就讓你瞧瞧方天畫戟千變換化的攻勢。」呂布輕輕揮舞方天畫戟。

空氣中幻化出無數方天畫戟的殘像，不知孰者是真，孰者是假。

每一道殘像都飽滿著尖銳的殺氣，卻又空虛到隨時都會自動消散。

陳木生傻眼，對於用肉身鐵布衫攔下方天畫戟的下場，他再清楚不過。

「接招！蒼天無極——刺！」呂布大喝，赤兔馬朝陳木生狂奔。

無數道方天畫戟的虛虛實實殘影從正面襲擊陳木生，眼看就要將陳木生刺成蜂窩，陳木生陡然大叫一聲「混帳啊」，左手習慣性橫臂一擋，無數方天畫戟竟在距離陳木生一臂之遠處，發出如傾盆大雨般的鏗鏘怪鳴。

沒有事。

陳木生一點事也沒有。

「這究竟是怎麼回事！難道世間竟有人將肉身鍛鍊到如廝地步？」呂布大感訝異，左手掉轉赤兔馬。

然而持著方天畫戟的右手腕卻告訴呂布，剛剛交擊的「觸感」絕對是刺在極厚實的熟銅盾上，否則不會有那樣的力回饋。

呂布之爲百戰百勝，靠的可不是區區的勇猛無雙，這是稗官野史不可思議的錯誤評價。這個殺掉兩個義父丁原、董卓的無敵將軍，其臨兵鬥陣的殘酷冷靜，才是他位列三國百將之首的眞正原因。

呂布停馬，冷靜研究著也是一頭霧水的陳木生。

方天畫戟也在判斷著情勢。

「這是怎麼個大頭鬼啊？」陳木生駭然，丈二金剛摸不著頭緒。

自己剛剛是不是，突然從手臂裡生出，曾經使用過的那枚大銅盾啊？

「我也想跟方天畫戟一戰！」

奇異的聲音從陳木生的手上傳來，伴隨著奇異聲音的，是極沉重又極熟悉的熟銅盾觸感。沒有記錯的話，那枚熟銅盾正是陳木生弄壞的第六件武器。

「什麼？一戰？你是誰！」陳木生嚇了一跳。

怪事無獨有偶，總是接二連三。

「我也是，夢寐以求的願望！」

另一股熱烈的聲音從陳木生的指尖傳來，驚得陳木生差點大叫。

指尖傳來的觸感絕對不會錯，那是陳木生用壞掉的第十四柄武器，黑鈦劍。

黑鈦劍眞乃無比鋒利，卻仍敵不過劍質的老去，在一次與始祖鳥咒獸的疾鬥中，黑鈦劍劍脊從中裂開。敗亡前，陳木生依稀曾聽見黑鈦劍心酸的嘆息，他當時還以爲是幻覺。

然而陳木生瞪大眼睛，哪裡有什麼熟銅盾、黑鈦劍？正要「清醒」時，陳木生又聽見右手與左手同時喊叫道：「我也想鬥鬥呂布手中的方天畫戟！」

聲音震著陳木生雙手裡的觸感，非常非常地結實。

毋庸置疑，這是楊家五郎曾使用過的八卦棍的觸感，大約在一個月前，這條八卦棍於一場筋疲力竭的咒獸戰役中敗亡，用玄木刨造的棍身斷成了三截。

「你有沒有聽見什麼！我的雙掌會說話！」陳木生實在是太嚇了。

「……」呂布什麼也沒聽見。

越來越多的聲音潮水般從陳木生的雙手傳來，不同兵器的觸感亦輪番出現在雙掌中，陳木生嚇得隨手亂揮，想要擺脫身體異樣的變化。

這一亂揮可不得了。

每一揮出，便有不同的兵器依照他手掌的握法，從他的手中運化出來。

無「形」，卻有「質」。

刀，槍，劍，棍，戟，鞭，鉤，甲，盾，矛，爪，箭，鏢，刺，弩，斧，環，杖，扇，每一個曾經在陳木生手中鞠躬盡瘁的兵器，全都在一招一式中運化擊出，招式中隱隱含著兵器的風雷之聲。

冷不妨，一道鏢樣的銳氣從陳木生的手中激射脫出。

咻。

！

呂布的臉頰上，多出一道鏢氣擦過的血痕。

「這是什麼武功？」呂布嚴肅地舉起方天畫戟。

「……什麼武功？這是什麼武功？」陳木生也很想知道。

但武功的名稱眞有那麼重要？

兵可兵，非常兵。

形可形，非常形。

「我明白了。我全都明白了。」陳木生挺起胸膛，握緊雙拳。

那些滲透進傷口裡的藍水，原來是穩定兵器形態的「介質」。藍水不僅癒合了咒獸咬噬的創口，還根深柢固地改變了陳木生的人類體質，令陳木生的體魄越來越接近兵器的堅韌，更能感覺到自己與兵器之間的深層關係。

閉上眼睛，陳木生聆聽著體內兵器的雄渾震動。

鏗鏗鏘鏘，鏘鏘鏗鏗，兵器的靈魂透過陳木生體內的微質藍水游動著。

擊敗戰神呂布手中的方天畫戟，是每一件兵器的願望。

就是這個豪壯的願望，喚起了棲息在他身上的，五十一柄敗亡兵器的靈魂。

兵器人，提早完成。

「戰神呂布，我叫陳木生。」陳木生拱手一揖。

「……那又如何？」呂布冷冷看著方天畫戟的戟刃，刃尖寒光凜動。

陳木生往前一踏，凌空劈出一掌。

掌風中撩起不可思議的九節棍「兵形」，遠遠地與呂布的方天畫戟相擊。

金光燦爛。

「今天，我要代表身上的五十一把兵器，擊敗你。」

《獵命師傳奇》卷八　完

GAEA

獵你的創意，秀你的圖
「獵命師大募集！」活動

發揮你的想像，秀出你的創意，畫出或者cosplay出《獵命師傳奇》你心目中的故事角色。我們將於《獵命師傳奇》最新一集出版前，固定由作者過九把刀親自遴選，刊登在當集的獵命師書中喔！讓你的創意在《獵命師傳奇》的世界中登場，還可以得到獵命師限量周邊！

活動詳細活動辦法，請至蓋亞讀樂網貼圖區參觀
http://www.gaeabooks.com.tw/

- 大賞作品（兩名）可得《獵命師傳奇》新書一本及限量灰色長袖T恤一件。
- 入選者可得《獵命師傳奇》新書一本。

刀大的話：
喂！大家都手軟了嗎？貼圖區的圖變少囉，拿出幹勁來啦！

【本集大賞】

WHITE07・宮本武藏

看起來好凶……

by Giddens

myairfish・烏拉拉x紳士x藍色吉他

人獸戀。

by Giddens

KE7416613

chenchihfen

eno730

kane5114

m8836

arashidizly

mary10081
FLY

OSTARA448

mary10081
FLY

mary10081
FLY

Simon
Cat
Mantis
NONSENSE

mary10081
Fate
Hunter
FLY
2006/3/21

chenchinfen

myairfish

mefan

chenchihfen

NONSENSE

mary10081

賽門貓
P3692784

miller612

k88k8

miller612

x10803173

上官 無筵
p3692784

每個人的人生都有關鍵時刻，在勝負的瞬間，你如何超越極限呢？
將你的期盼委託給獵命師，獵命師將為你宅配豪爽的各種命格喔！

申請書中請註明：宿主、命格標的、申請內容、申請掛載命格：
寄至：editor@gaeabooks.com.tw

宿主：小a
命格標的：CYM（小黑）
申請內容：

小黑真的是一個很用心的人，在很多方面。
已經記不得怎麼會對這個帳號有印象的了，
只知道這是個很喜歡老大的人，很有熱血，很衝。
還記得第一次見面，應該是第八銅人在台北的簽書會吧？
來去匆匆的我，兩手空空，
跟老大聊天，跟許多很熟悉也很陌生的人打招呼，也包括了小黑。
接下來就是北部網友們的聚會了，
我們去吃了火鍋，去了貓空泡茶，
一起去河邊看一○一跨年煙火，一起參加老大的活動⋯⋯
相機裡記錄了滿滿的回憶。

印象很深的是看到殺手・月的時候，當趙彥琪發卡給小黑，我在家裡大笑出聲。
你是個好人，幾乎求什麼問題你都能回應，也願意回應。
你是個好人，會在老大有活動之前做場勘，甚至提供路線圖還附帶交通資訊。
你是個好人，對外在的事物有個柔軟的心。
你是個好人，謝謝你。

申請掛載命格：
你以為我要申請「你是個好人」嗎？哪這麼沒創意啊！
我偏要申請大月老的紅線咧～
小黑，你要早點找到對的人哦！
:)

國家圖書館出版品預行編目資料

獵命師傳奇.Fatehunter／九把刀 著；
——初版.——台北市：蓋亞文化，2005【民94-】
冊；公分.——（悅讀館）

ISBN 986-7450-50-7（第8卷：平裝）

857.83　　94002005

悅讀館 RE017

獵命師傳奇系列【卷八】

作者／九把刀（Giddens）
繪圖／翁子揚
出版／蓋亞文化有限公司
地址◎台北市103承德路二段75巷35號1樓
電話◎（02）25585438　傳真◎（02）25585439
網址◎www.gaeabooks.com.tw
服務信箱◎gaea@gaeabooks.com.tw
投稿信箱◎editor@gaeabooks.com.tw
郵撥帳號◎19769541　戶名：蓋亞文化有限公司
法律顧問／宇達經貿法律事務所
總經銷／聯合發行股份有限公司
地址◎新北市新店區寶橋路二三五巷六弄六號二樓
電話◎（02）29178022　傳真◎（02）29156275
港澳地區／一代匯集
電話◎（852）27838102　傳真◎（852）23960050
地址◎九龍旺角塘尾道64號龍駒企業大廈10樓B&D室
初版十五刷／2021年7月
定價／新台幣 180 元
Printed in Taiwan

ISBN／986-7450-50-7

RE017
GAEA

獵命師傳奇
天命在我・自創一格
——創意命格有獎徵文活動

替獵命師們構想奇命！為自己開創中獎命數！

由於反應熱烈，命格徵文活動將改爲每集固定舉行。我們會在每集《獵命師傳奇》出版前，固定由作者九把刀遴選2～3則投稿，讓你設計的命格在下一集《獵命師傳奇》的世界中登場！

獲選者可獲贈《獵命師傳奇》週邊商品，及九把刀最新作品一本。

■ 注意事項

◎命格投稿請比照書中一貫的描述格式，並填寫於本回函所附表格

◎請參加讀友留下正確姓名地址，以便發表時註明構想者與贈獎。

◎本活動遴選之命格使用權利歸蓋亞文化有限公司所有。

◎活動及抽獎結果，將於每集《獵命師傳奇》出版時公佈於蓋亞讀樂網。

◎本抽獎回函影印無效。

姓名：＿＿＿＿＿＿ **出生日期：** 年 月 日 **性別：**□男 □女

聯絡電話：＿＿＿＿＿＿

E-mail：＿＿＿＿＿＿

地址：□□□

＿＿＿＿＿＿

命格名稱：＿＿＿＿＿＿

命格：＿＿＿＿＿＿

存活：＿＿＿＿＿＿

徵兆：＿＿＿＿＿＿

特質：＿＿＿＿＿＿

進化：＿＿＿＿＿＿

關於命格投稿，九把刀會針對讀者的想法創作更完整的設定修改，以符合故事的需要，或九把刀個人愛胡說八道的壞習慣。戰鬥吧！燃燒你的創意！

廣告回信 郵資免付
台北郵局登記證
台北廣字第00675號

GAEA

TO：蓋亞文化有限公司　收

103 台北市承德路二段75巷35號1樓

Gaea